广州诗词之都丛书

素心词

张海鸥 著

SPM 南方传媒 | 花城出版社

广州新华出版发行集团
广州出版社

目录 — CONTENTS

论词的叙事性

叙事学自二十世纪六十年代兴起于法国，此后风行全球，对文学、史学、语言学等许多学科产生了重大影响。在文学研究领域，叙事学的研究对象基本是散体的、故事性强的作品，如小说、史传、回忆录、神话传说、民间故事、叙事诗、戏剧等。作为中国传统文学重要样式之一的词，至今未受到叙事学的关注，因为词通常被认为是抒情作品而不是叙事作品。

词到底有没有叙事性呢？叙事学研究对词学研究有无意义？从学理上说，叙就是叙述，叙述是人类的言说行为，它超越任何具体作品的体裁形式。换言之，任何体裁的作品都是人类叙述方式之一种，词当然也是。词叙述的内容不可能只有情、景而没有事。词人将自己在一定时空中的存在、行为或心理活动表述为词，都是对已然的叙说，即便是以抒情为主的词，也不可能全无叙事因素。比如“衣带渐宽终不悔，为伊消得人憔悴”，其中隐含的叙事是：我曾经或正在追求。

又如“少年不识愁滋味，爱上层楼，爱上层楼，为赋新词强说愁”，其中隐含的叙事是：我曾如此。

那么词到底是怎样叙事的？其叙事有何特殊性呢？本文借鉴叙事学的理念和方法，首先探讨词的文体叙事结构；然后探讨词的文本叙事方式和特点。

一、词的文体叙事结构及其特征

词的文体结构，最多有四部分：调名、题目、序、正文。这四部分都具有叙事功能。

1. 调名点题叙事

词调俗称词牌[①]，其主要功能是标示曲调类型和歌词格式，但早期的词调名称往往源自歌词内容并提示内容，可以称之为缘事而定名。《词学季刊》第一卷第四号载失名者之《词通》有“论名”一节云：

> 有词之先，既无所谓调，即无所谓名。故有一

① 王骥德《曲律》卷一《论调名》：“曲之调名，今俗曰牌名。”

词既成，乃取词句以名其调者，如《闲中好》《花非花》《章台柳》，皆本词之首句，亦犹唐人诗以首句为题。①

刘永济《词论》卷上《调名缘起》云：

调名缘起，约有数端。……有以作者本事而名者，如《忆余杭》因潘阆忆西湖而作也，《菊花新》因陈源念菊夫人而作也，《醉翁操》因东坡追思六一翁而作也。②

马兴荣《词学综论》“词调名称的形成”云：

还有一类是以词中所写的人和事为调名。如《谢秋娘》……始自朱崖李太尉镇浙日为亡妓谢秋娘所撰。……再一类是以传说故事为调名，如《阮郎归》以刘晨、阮肇……的传说为调名的。又如《鹊

① 《词学季刊》第一卷第四号，上海书店影印本，1985年版，第109页。
② 刘永济：《词论》，上海古籍出版社，1981年版，第31页。

桥仙》以织女……的传说为调名的。又如《凤凰台上忆吹箫》以箫史……的传说为调名的。[1]

以上诸家所举词调，其名称皆缘事而定，调名本身含有点题叙事性。

还有一些调与事合的情况，但后人已经搞不清词调与歌词孰先孰后了。黄昇《唐宋诸贤绝妙词选》卷一李珣《巫山一段云》下注云：

唐词多缘题，所赋《临江仙》则言仙事，《女冠子》则述道情，《河渎神》则咏祠庙，大概不失本题之意。尔后渐变，去题远矣。[2]

唐圭璋、潘君昭《论词的起源》云：

敦煌民间词，其中很多首的内容与词调有关，如《天仙子》有"天仙别后信难通"之语，《竹枝

① 马兴荣：《词学综论》，齐鲁书社，1989年版，第21页。
② 黄昇编《唐宋诸贤绝词选》，国家图书馆出版社，2011年版。

子》有“垂珠泪滴，点点滴成斑”之语，《泛龙舟》有“无数江鸥水上游，泛龙舟，游江乐”之语。《斗百草》（第一）有“喜去喜去觅草”之语。另如《柳青娘》咏柳青娘之美、《浣溪沙》咏人如西子之美。[1]

黄升所谓“缘题”，以及唐、潘所论，都是指调名与歌词内容正相吻合。但他们的说法有点模糊：到底是先定歌词再选词调呢？还是先定词调再写歌词呢？这两种情形在早期词中都存在。今存唐词，词调名称与词意吻合者很多，随便翻检《全唐五代词》[2]，缘题之作比比皆是，除以上诸家所举外，如李隆基《好时光》写女子应该趁着年轻貌美，嫁个有情郎，“莫负好时光”；刘长卿《谪仙怨》写迁谪情景；张志和《渔父》五首皆写渔隐生活；无名氏《渔父》十五首，张松龄《渔父》一首，皆写渔隐生活；德诚所作《拨棹歌》三十九首，与张志和《渔歌子》同体，亦写泛舟渔隐之事。可见唐人作词，既有缘事而创调名者，也有据事而选已有调名者。黄升的缘题之说，模糊地涵盖了这两种情况。这两种

① 唐圭璋、潘君昭：《唐宋词学论集》，齐鲁书社，1985年版，第9页。
② 曾昭岷、曹济平、王兆鹏等编《全唐五代词》，中华书局，1999年版。

情况都说明：早期的很多词调都含有叙事因素，其基本叙事功能是点明题材或题旨。

词至宋代，缘事而自创词调者仍然很多。先举张先几首词[①]为例。有关《谢池春慢·玉仙观道中逢谢媚卿》，杨湜《古今词话》载：

> 张子野往玉仙观，中路逢谢媚卿。初未相识，但两相闻名。子野才韵既高，谢亦秀色出世，一见慕悦，目色相授。张领其意，缓辔久之而去，因作《谢池春慢》以叙一时之遇。

吴曾《能改斋漫录》卷十二载：

> 玉仙观在京城东南……有陈道士修葺亭台，栽花木甚盛，四时游客不绝。

《谢池春慢·玉仙观道中逢谢媚卿》的上阕写玉仙观

① 下引张先词及相关资料，均据吴熊和、沈松勤校注《张先集编年校注》，浙江古籍出版社，1996年版。

景致，有“池水渺”句关合词调名，下阕写“逢谢女，城南道”之事。调名“谢池春”，也有深意：《晋书·王凝之妻谢氏传》载才女谢道蕴事，后人因称才女为“谢女”；谢灵运亦有名句“池塘生春草”。张先取“谢池春”为调名，很可能是巧用谢家故事。

《一丛花令》，《中国词学大辞典·词调》云：“此调始见于宋张先《张子野词》。”[1] 杨湜《古今词话》载此词本事，言张先“尝与一尼私约，其老尼性严，每卧于池岛中一小阁上。俟夜深人静，其尼潜下梯，俾子野地登阁相遇。临别，子野不胜惓惓，作《一丛花》词以道其怀”。萧涤非曾撰短文《张先〈一丛花〉本事辨证》，论证此事可信。[2] 调名“一丛花”，显然有点题叙事之意。词中有“双鸳池沼水溶溶，南北小桡通，梯横画阁黄昏后，又还是，斜月帘栊”之类叙事性很丰富的句子，加上词话的记载，特别诱使读者想象那一段故事情节。

张先还有《山亭宴慢·有美堂赠彦猷主人》《泛清苕·正

---

① 马兴荣、吴熊和、曹济平主编《中国词学大辞典》，浙江教育出版社，1996年版，第475页。

② 吴熊和、沈松勤校注《张先集编年校注》，浙江古籍出版社，1996年版，第113-114页。

月十四日与公择吴兴泛舟》《少年游慢》等多种自创词调，都是缘事而取名，《词谱》称这种情况为“赋本意也”[①]。

像这类缘事创调，调名即题目，正文则缘题而赋本事的情况，在《全宋词》[②]中有很多，如柳永《望海潮》（东南形胜），王诜《忆故人》（烛影摇红），秦观《添春色》（唤起一声人悄），周邦彦《一剪梅》（一剪梅花万样娇），史达祖《惜黄花·九月七日定兴道中》《双双燕·咏燕》，吴文英《惜秋华·重九》，等等。

在自创词调并利用调名点题叙事方面，姜夔无疑是最值得重视的词人。据夏承焘《姜白石词编年笺校》[③]（以下简称夏《笺》）《论姜白石的词风（代序）》所论，姜夔创制词调有两类：一类是已有他人曲谱，但“虚谱无辞”[④]，他依谱填词，从而创为词调者，如《霓裳中序第一》《角招》《徵招》《醉吟商小品》《凄凉犯》《玉梅令》等。其中后三种词调的歌词是赋调名本意的。另一类是姜夔“初率意为长短句，然后协以律”[⑤]，就是先写成歌词然后再制谱。姜

---

① 《钦定词谱》卷三十五注，文渊阁四库全书本。
② 唐圭璋编《全宋词》，中华书局，1965年版。
③ 夏承焘笺校《姜白石词编年笺校》，上海古籍出版社，1981年版。
④ 同上书，第5页。
⑤ 同上书，第36页。

夔称之为自度曲或自制曲，据夏《笺》共得十首，兹略叙于下：《扬州慢》咏“淮左名都”扬州之今昔；《湘月》写湘江月夜泛舟事；《翠楼吟》因“武昌安远楼成”而“度曲见志”；《惜红衣》咏荷花；《石湖仙》“寿石湖居士”；《琵琶仙》“怅触合肥旧事之作……合肥人善琵琶”（夏注）；《淡黄柳》写合肥柳色“以纾客怀”；《长亭怨慢》写“离愁千缕”，有“谁似得长亭树，树若有情时，不会得青青如此”之怨；《暗香》《疏影》二首共一序，乃石湖咏梅之作。

这十首自度曲，都是缘事而取调名的，歌词内容皆赋词调之本意。不仅词调名称具有点题叙事性，而且均有长序叙述创作背景、本事、作法等。通观姜夔词，利用词调名称标示词意是他作词的一大特色，不论是自创调名还是选用已有调名。

词体文学在燕乐和诗的基础上兴起的时候，词调名称的来历大约有两种：一是依已有乐曲取名创调，如张先《熙州慢》、柳永《八声甘州》、周邦彦《兰陵王》等，这类词调基本没有叙事性。二是据所咏之事创调取名，调名通常就是题目，携带着具体的叙事因素，而这一类歌词都是缘题而赋本事的。这类词调的数量肯定远远多于现在能见诸记载的那些。古今人在所著词律、谱、图、词话之类的书中，尽可能说明某一词调是否缘题，因歌咏何事而得名。但由于史料有限，流传至今的一千多个词调，多数已失本事。

随着词调的定型，缘题而赋本事的现象逐渐减少，但词人在具体的创作中，根据所咏事情而选择词调的情况却很常见。清人沈祥龙《论词随笔》云：

> 词调不下数百，有豪放，有婉约。相题选调，贵得其宜。调合则词之声情始合。[①]

相题选调，是指叙事风格、内容与词调的音乐品类相适和。比如写缠绵婉转之情，《鹊桥仙》《声声慢》就比《六州歌头》合适。另外，词乐失传后，词调文字的表义性也可能影响作者的选择，比如为人祝寿而选《千秋岁》之类，也算是相题选调吧。

2. 词题引导叙事

随着词体文学的成熟，词调日益形式化，主要用来表示乐曲类型及相应的歌词格式，叙事因素逐渐减少。于是自北宋出现了缘事而立的词题，专门承担起标明题旨、引导叙事

① 唐圭璋编《词话丛编》第五册，中华书局，1986年版，第4060页。

的任务。词调之外另立的词题，与乐曲调类无关，用意专在于指事。

宋人为词另立题目，直接受诗、文标题传统的影响。在词诞生之前，中国古代诗、文经历了从无题到有题、题目由简单到精致的过程。至魏晋隋唐时代，标题之学已经非常成熟，题目的功能也多了。吴承学《论古诗制题制序史》云：

> 此时诗题已经成为诗歌整体形式的不可或缺的有机部分，诗人完全有意识地利用诗题来阐释其创作宗旨、创作缘起、歌咏对象，标明作诗的场合、对象。……到初唐、盛唐时期，古诗制题已经完全规范化，诗题成为诗歌内容准确而高度的概括，成为诗歌的面目。[1]

那么产生于唐代的词体文学，何以到宋代才出现另立题目的现象呢？这或许是词疏离音乐，疏离世俗大众，开始走向文人案头或酒筵的一个信号吧，所以王国维有“词有题而

① 吴承学：《论古诗制题制序史》，《文学遗产》1996年第5期。

词亡”[①]之论断。另一方面，随着词调日益定型，存形去意，同一词调可以不断用于不同内容的歌词，词人为了标示同调之词内容不同，就要给词加上一个叙事性的题目，以便阅读和编辑。

在词调之外另标词题始于何人，尚待考索。吴熊和《〈彊村丛书〉与词籍校勘》第六节“订词题”云：

> 自《花间集》《尊前集》以至晏殊《珠玉词》，词皆无题。王安石、张先，稍具词题。[②]

此说略失精确。据《全宋词》，在张先之前，词另立标题者尚有七人二十二首：王禹偁《点绛唇·感兴》；陈亚《生查子·药名寄章得象陈情》《生查子·药名闺情》；聂冠卿《多丽·李良定公席上赋》；范仲淹《苏幕遮·怀旧》《渔家傲·秋思》《御街行·秋日怀旧》《剔银灯·与欧阳公席上分题》《定风波·自前二府镇穰下营百花洲亲制》；沈邈《剔银灯·途次南京忆营妓张温卿》二首；杨适《长相思·题丈亭馆》；

① 况周颐、王国维：《蕙风词话 人间词话》，人民文学出版社，1960年版，第218页。

② 吴熊和：《吴熊和词学论集》，杭州大学出版社，1999年版，第154页。

柳永《玉女摇仙佩·佳人》《御街行·圣寿》《长相思·京妓》《玉蝴蝶·重阳》《木兰花·杏花》《木兰花·海棠》《木兰花·柳枝》《爪茉莉·秋夜》《女冠子·夏景》《十二时·秋夜》。另外，晏殊虽比张先小一岁，但张先是晏殊的门生，他们同时喜欢作词。晏殊有四首词另有标题：《采桑子·石竹》《山亭柳·赠歌者》《破阵子·春景》《玉楼春·春恨》。张先今存词一百七十五首，其中六十首使用了词题或序。此前及同时词人中，尚无人如此大量采用题序。王安石词确有六首有词题，不过他年辈比上述诸人至少晚三十余年，其前使用词题者已多，他远非开风气者。

上举词题是否皆为作者所立，尚不能完全确定。吴熊和《〈彊村丛书〉与词籍校勘》第六节“订词题”云：

> 宋时坊间唱本《草堂诗余》之类，每于所先名家词下，辄增“春景”“春游”“春怨”“春闺”等题，取便时俗应歌；又所附词话，多出宋人杂说，若杨湜《古今词话》，所记每多不实。此后皆归入本集，补为词题，滋惑甚焉，非但有乖本旨而已。毛本《梦窗词》甲乙二稿，几乎无一词无题，其中“秋感”“春情”“春晴”“夏景”及“有感”“感

怀”诸题，凡二十余见，显出俗手滥增，任意标目，朱孝臧一律删去。[①]

此方家之论。后人所见词题未必皆出于作者，如范仲淹“怀旧”“秋思”“秋日怀旧”，以及柳永、晏殊的词题。但多数词题出于作者是无疑的，特别是那些隐含着作者本事并以作者语气标明的题目，如沈邈《剔银灯·途次南京忆营妓张温卿》，据吴曾《能改斋漫录》卷十七载：“宿州营妓张玉姐，字温卿，本蕲泽人，色技冠一时，见者皆属意。沈子山为狱掾，最所钟爱。既罢，途次南京，念之不忘，为《剔银灯》二阕……”

词题不论是否出自作者原创，其作为标题的引导叙事功能显而易见：或标明所咏节序，如“秋夜”“春景”“上元”“中秋”；或标明所咏之物，如“杏花”“红梅”“井桃”“海棠”；或标明所咏情事，如“怀旧”“闺情”“感兴”“观舞”；或标明寄赠的对象，如“赠歌者”“寄子山”；或交代作词的缘起、时间、场所，如“雪上送唐彦猷”“中秋不见月”“晏观文画堂席上”“南郊夜饮”“渭州作”“送

① 吴熊和著《唐宋词通论》，浙江古籍出版社，1985年版。

临淄相公”等；或标示作词的特殊方式或体例，如“与欧阳公席上分题”“次子瞻韵送元素内翰”“药名寄章得象陈情”。总之，为词另立标题的用意，主要在于叙述或说明有关这首词的一些事情或有关写作的某些特殊方式、体例。

毫无疑问，词题虽小，其叙事性却是很强的。

3. 词序说明式叙事

当词人觉得词调或词题之叙事尚不尽意时，便将词题延展为词序，以交代、说明有关这首词的一些本事或写作缘起、背景、体例、方法等。

序即叙。序体文历史悠久且用途颇广，叙事是其基本功能。诗、文、赋之序，自汉至唐已经丰富多彩，但词序出现却比较晚，唐五代词尚无序体。张先最先将词题延长为序，但他六十首另有题序的词，题和序并不分明，其短者两字，长者数十字，其中勉强可视为词序者仅三例：

《天仙子·时为嘉禾小倅，以病眠不赴府会》，词中描写自己在暮春时节饮酒听歌，伤酒醉眠，醒后忽生惜春伤逝之情。序文的作用是交代作词时间、自己在何处任何职，因身体不适而未上班，“午醉醒来”就作了这首词。序与词毫不重复，在时间上前后相接，在内容方面隐约有点因果关系——因病而伤时。

《定风波令·霅溪席上，同会者六人：杨元素侍读、刘孝叔吏部、苏子瞻、李公择二学士、陈令举贤良》，此词又称“六客词”。苏轼有《书游垂虹亭》[1]专记其事。张先此词记叙这次六客雅集之盛事，其序与词不重复，是对词所叙之事进行解释和补充。

《木兰花·去春自湖归杭，忆南园花已开》的序与前面两序不同，与词意重复。兹对照如下：

词句	序
去年春入芳菲国	去春自湖归杭 忆南园花已开
青蕊如梅终忍摘	有“当时犹有蕊如梅”之句
阑边徒欲说相思 绿蜡密缄朱粉饰 归来故苑重寻觅	今岁还乡
花满旧枝心更惜	南园花正盛
鸳鸯从小自双双 若不多情头不白	复为此词以寄意

① 孔凡礼点校《苏轼文集》卷七十一，中华书局，1986年版。

此序的作用是叙事比词更明确，序文客观叙述性较强，正文侧重诗意抒情。

在较早使用词序的人中，苏轼作词序多于张先。据《全宋词》所收苏轼词，有题序者二百五十七首，其中标明“公旧序云”者十七首，另有未标“序”字而实为序者十五首，共三十二首词有序文。其序也比张先更长，如《洞仙歌》（冰肌玉骨）词序九十六字，叙述作词的缘起和词之本事。《醉翁操》词序是一篇一百八十多字的散文，叙述欧阳修与琅琊醉翁亭故事，以及作词之缘起等。苏轼的词序受诗序影响，而他的诗序则受陶渊明影响，他的一百多首《和陶诗》中就有不少较长的序。在词史上，苏轼“以诗为词”颇受关注，他把作诗的理念、方法以及诗序的形式全面引入词体。如《江神子》词序：

> 陶渊明以正月五日游斜川，临流班坐，顾瞻南阜，爱曾城之独秀，乃作斜川诗，至今使人想见其处。元丰壬戌之春，余躬耕于东坡，筑雪堂居之。南挹四望亭之后丘，西控北山之微泉，慨然而叹，此亦斜川之游也。

词的正文是：

梦中了了醉中醒。只渊明，是前生。走遍人间，依旧却躬耕。昨夜东坡春雨足，乌鹊喜，报新晴。

雪堂西畔暗泉鸣。北山倾，小溪横。南望亭丘，孤秀耸曾城。都是斜川当日境，吾老矣，寄余龄。

序与词比照可知，序的主要作用是叙述写作缘起，为正文作一些相关的交代和铺垫，正文则由此而兴发出一些议论和情致。

北宋词人中最善于作词序者，除了苏轼，就数黄庭坚了。据《全宋词》，他的词序有二十二篇，最长是《醉落魄》的序，一百三十三字：

旧有《醉醒醒醉》一曲云："醉醒醒醉。凭君会取皆滋味。浓斟琥珀香浮蚁，一入愁肠，便有阳春意。须将席幕为天地，歌前起舞花前睡。从他兀兀陶陶里，犹胜醒醒，惹得闲憔悴。"此曲亦有佳句，而多斧凿痕，又语高下不甚入律。或传是东坡语，非也。与"蜗角虚名""解下痴绦"之曲相似，疑是王仲父作。因戏作四篇呈吴元祥、黄中行，似能厌道二公意中事。

此序主要是叙述写作这一组《醉落魄》的缘起，兼有辨识作品归属之语，而四首词的内容都是议论人生之醉、醒境界，故每首皆以“陶陶兀兀”（醉酒状）开头，议论如何面对名利、忧乐、忙闲、醉醒之类人生课题。序与正文分工明显：序文叙事，正文论理。

苏、黄不仅“以议论为诗”，而且以议论为词，因此他们很需要用一段序文来交代写作缘起、背景等，这是他们的词较多序文的主要缘故。遍览词史，可以说词序始于张先，兴于苏、黄。

词序的交代式、说明式叙事功能，很适合以议论或抒情为主的词，序文很自然地成为词的铺垫或补充。苏、黄之后，南宋人作词序者更多，辛弃疾、姜夔皆擅此道。辛词用序与苏、黄相似，重在叙事；姜词用序则于叙事之外，更详于音乐性的说明。据夏承焘《姜白石词编年笺校》所收词八十四首，有题序者八十一首，无题无序者仅三首。题序中叙事层次较多、可视为序者三十六篇，其短者十余字，长者一二百字，叙述创作背景、缘起、过程、词曲作法、本事等，其中对曲调的专业性说明很多，这是他较张先、苏轼、黄庭坚、辛弃疾作词序明显不同之处，说明他深谙音律。他的序文亦如苏、黄等人，不论所叙内容长短，皆简明扼要，有些还很优美，宛若小品文。

后人裒集词话，侧重于词之本事。凡词调之下标有题、序者，都是词话编纂者感兴趣的。此亦说明题、序是词体文本叙事的重要方式。

词调、词题、词序的叙事，都是先于正文的引导叙事，其文体叙事结构比小说、戏剧等文类略显复杂，这与词的正文难以充分展开叙事有关。词的正文叙事也有许多独特之处，以下逐一探讨之。

二、词的文本叙事方式及其特征

韵文叙事与散文叙事不同，而在各体韵文中，词是最少叙事性的文体。由于词牌的限定，词的篇制最无弹性。小令之短者只有十几字，长调之长者亦不过一二百字。因此它不可能像小说、传记、神话传说、民间故事或者叙事诗那样有头有尾、有完整情节的叙事。但是词又不可能无事，即便是以写景、抒情为主的词，也存在着叙事因素。那么词是怎样叙事的？其叙事方式有何特殊之处呢？

1. 片断与细节叙事

词的叙事通常都不是完整叙事，而多是片断与细节叙事。浦安迪《中国叙事学》云：

> 假定我们将“事”，即人生经验的单元，作为计算的出发点，则在抒情诗、戏剧和叙事文这三种体式之中，以叙事文的构成单元为最大，抒情诗为最小，而戏剧则居于中间地位。抒情诗是一片一片地处理人生的经验，而叙事文则是一块一块地处理人生的经验。当然，我们事实上很难找到纯抒情诗，纯戏剧或者叙事文的作品。……上述三方面的因素，它们互相包容，互相渗透，难解难分。[1]

小说、长篇叙事诗等叙事文体，一定要通过一系列丰富的情节、曲折的过程、复杂的事件来构成故事，塑造人物，再现社会生活或历史。词受篇制所限，只能采用片断式、细节式的叙事方式。比如杨贵妃的故事，在陈鸿《长恨传》、

① 浦安迪：《中国叙事学》，北京大学出版社，1995年版，第7页。

白居易《长恨歌》、白朴《梧桐雨》、洪升《长生殿》中，都可以从长叙述，而在词中，就只能片断出现，如《全宋词》中咏及杨妃事者：

霓裳弄月，冰肌不受人间热。……玉环旧事谁能说，迢迢驿路香风彻。（韩元吉《醉落魄》）

君不见玉环飞燕皆尘土。（辛弃疾《摸鱼儿》）

海上仙山缥缈，问玉环何事？苦无分晓。（张炎《解语花》）

以上三词都不是专咏杨妃，只是借用其故事名目。《全宋词》中有一首无名氏所作专咏“长恨”故事的《伊州曲》：

金鸡障下胡雏戏，乐极祸来，渔阳兵起。鸾舆幸蜀，玉环缢死。马嵬坡下尘滓，夜对行宫皓月，恨最恨、春风桃李。洪都方士，念君萦系。妃子。蓬莱殿里，寻觅太真，宫中睡起。遥谢君意，泪流琼脸，梨花带雨。仿佛霓裳初试。寄钿合，共金钗，私言徒尔。在天愿为，比翼同飞，居地应为，连理双枝。天长与地久，唯此恨无已。

此词可以说是《长恨歌》的简本。以每一韵为一层意思，对照《长恨歌》，即可见诗中的一段段情节，在词里都只是简短的片断："兵起"前十五字，是诗中"惊破霓裳羽衣曲"以前二百二十四字（三十二句）乐极生悲的情节；"桃李"前二十七字，是诗中"魂魄不曾来入梦"以前二百九十四字（四十二句）妃死和思念的情节；"洪都方士"以下七十六字，是诗中"临邛道士"以下三百二十二字（四十六句）寻妃念旧的情节。相比之下，同是叙写一段历史，一个流传已久的故事，诗用了八百四十字，而且这并不是规定的叙述长度，如果有必要，诗可以无限延长；而《伊州曲》词调限定一百一十八字，其叙事只能提纲挈领，只能选择一些经典性的片断或细节，如"胡雏戏""玉环缢死""夜对行宫""寻觅太真""寄钿"等。

在叙事的丰富性和完整性方面，小说和诗都有文体长度优势，词则远远不及。从独立叙事的意义上说，词只能叙述一段短小的故事，如晏殊《破阵子》："巧笑东邻女伴，采桑径里逢迎，疑怪昨宵春梦好，元是今朝斗草赢。"又如苏轼《蝶恋花》："墙外行人，墙里佳人笑。笑渐不闻声渐悄，多情却被无情恼。"这勉强可算是独立叙事，但并不是完整的故事，而只是一个小故事的片断。如果面对"李杨旧事"

这样一个大故事，词就不能独立完成叙事了。如果没有史、传、小说、叙事诗、笔记、词话等其他叙事文本辅助，即便是《伊州曲》这样专叙一事的词，也很难完成完整而丰富的情节叙事。

不过倘若是一组词，文本长度就有一些弹性了。比如北宋人赵令畤曾作《蝶恋花》商调十二首[①]，前有二百余字长序说明这组词是据元稹的传奇《莺莺传》故事改写为词，以便“被之音律”，“播之声乐，形之管弦”。奇特的是，他将《莺莺传》原作“略其烦亵，分之为十章，每章之下，属之以词。或全摭其文，或止取其意。又别为一曲，载之传前，先叙前篇之意。调曰商调，曲名蝶恋花。句句言情，篇篇见意”。

这是词体文学叙事的一个特例。小说《莺莺传》叙述的是一个“始乱终弃”的悲情故事，赵令畤遂用“商调”唱之，以合悲情格调。古代五音中，“商声主西方之音，……商，伤也”[②]，以之演唱悲情故事自然适宜。这就意味着“商调”的“商”字隐含着提示叙事情调之意。“曲名蝶恋花”，

---

① 唐圭璋编《全宋词》，中华书局，1965年版。
② 欧阳修：《秋声赋》。

则与恋爱故事一致，具有提示叙事之意。《蝶恋花》词双调六十字，不足以演唱《莺莺传》故事，所以用十二首词并序来完成叙事。十二首词前各有一篇序文，构成一词一序的格局。第一首词之前，是总序，说明写作缘起和体例。总序之后，第一首词概述莺莺故事，并扼要表述了作者对故事的评价：

丽质仙娥生月殿。谪向人间，未免凡情乱。宋玉墙东流美盼。乱花深处曾相见。

密意浓欢方有便，不奈浮名，旋遣轻分散。最恨多才情太薄。等闲不念离人怨。

这首词与总序各有分工，互不重复。第十二首词是讲完故事之后，作者意犹未尽，继续发表一些评论和感慨，其序文既是对这些评论和感慨的解释，又是对为何要写尾声词的说明，词与序的内容有所重复。首尾之外，第二至第十一首词是故事本身。作者将小说的文本按情节分为十章并扼要缩写，置于每首词之前，实为词序，也就是把歌词将要咏唱的情节借小说文本形式先讲述一遍，然后再用歌词咏唱，从而形成说书、唱曲、阅读皆宜而互补的叙事形式。兹举第三首为例：词前的序文截取《莺莺传》中张生思慕莺莺，红娘牵线传书的情节：

张生自是惑之，愿致其情，无由得也。崔之婢曰红娘，生私为之礼者数四，乘间遂道其衷。翌日，复至，曰："郎之言，所不敢言，亦不敢泄。然而崔之族姻，君所详也，何不因其媒而求娶焉！"张曰："余始自孩提时，性不苟合。昨日一席间，几不自持。数日来，行忘止，食忘饭，恐不能逾日暮。若因媒氏而娶，纳采问名，则三数月间，索我于枯鱼之肆矣。"婢曰："崔之贞顺自保，虽所尊不可以非语犯之。然而善属文，往往沉吟章句，怨慕者久之。君试为喻情诗以乱之，不然，无由得也。"张大喜，立缀《春词》二首以授之。奉劳歌伴，再和前声。

然后词曰：

懊恼娇痴情未惯。不道看看，役得人肠断。万语千言都不管，兰房跬步如天远。

废寝忘餐思想遍，赖有青鸾，不必凭鱼雁。密写香笺论缱绻，春词一纸芳心乱。

可见词文是对小说故事的变体叙述。这组词的联章说唱叙述方式，被后世兴起的元杂剧等戏剧文体和元散曲普遍吸取了。研究《西厢记》源流的学者，常常提及这一组联章词。

联章词是词体文学中的特殊体式，由两首以上同调或异调的词组合成一个套曲，用来叙述一些内容相关或相类的事情。例如五代后蜀牛希济《临江仙》七首，分别写巫山神女、谢家仙观、秦楼箫史、黄陵二妃、洛神悲情、洞庭龙女、潇湘斑竹等七个流传久远的爱情故事，一首一事，联章组套。又如北宋后期毛滂作联章《调笑》转踏一套十首，前九首各咏一位美女，最后一首总述惜春伤逝之意。这两组词的叙事都是一词一事，因类联章，与赵令畤《蝶恋花》十二首词叙一事不同。故事既多，则叙述必然简略，每首叙一事，与单词叙事无异，其不同只在于组群规模较大，将若干同类故事联章叙之，事虽多而话题集中。

以上所举都是在已有故事的基础上，形成词体叙事文本，词之外，还有或多或少的辅叙文本。然而流传至今的词，多数已经很难找到辅叙文本或相关故事了，但人们会认为这可能是本事失传，因而历代词学家注释前人词作的一大重点，就是努力寻绎词之本事。其实词之叙事，有实叙也有虚构，而不论虚实，都是文学性叙事。读者即使找不到辅叙文本，也能凭生活经验、文化修养、理解和想象能力去“接受”作者的叙事。这是读者对词进行叙事阅读的通常情形。

2. 跳跃与留白叙事

不能完整详细地叙事，这是词体叙事的短处，但也正是其灵活之处。词的片断叙事可以大量借助跳跃与留白，营造出诱发读者联想的叙事空间。

叙事学将文本长度称为“叙事时间”，将所叙事件长度称为“故事时间”。[①] 词是叙事时间最短的文体，但其所叙的故事时间却未必短。词也能写很长时间的事，但必须截取片断，选择细节，跳跃地叙事，留下许多叙述空白。这正是词体叙事的灵活性，不论词调长短，都可以跳跃、留白。长调如吴文英二百四十字的《莺啼序》，跳跃地叙述生平悲欢离合之片断情事。短调如李清照的《如梦令》（昨夜雨疏风骤），非常精炼地通过对季节、天气、场景、人物、对话的细节式叙述，表现出主仆资质、修养、情感的差别。这种片

① 罗钢：《叙事学导论》，云南人民出版社，1994年版。

断式、细节式的叙事方式；在词中灵活地表现为不同的故事长度。吴词所叙之事的时间长及数十年，李词叙事只在“昨夜”至今晨之间。

与叙事时间的长度相适应，词体文学形成了铺叙式叙述和浓缩式叙述。长调适合铺叙，短词必须浓缩。比如柳永词长于铺叙，《戚氏》三叠二百一十二字，借鉴屈骚笔法，叙写深秋时节，逆旅困顿：“停灯向晓，抱影无眠……暗想从前，未名未禄，绮陌红楼，往往经岁迁延。帝里风光好，当年少日，暮宴朝欢。况有狂朋怪侣，遇当歌对酒竞流连。”历历往事叙述得或疏或密，或略或细。王灼《碧鸡漫志》卷二引前辈语云：“《离骚》寂寞千载后，《戚氏》凄凉一曲终。”王灼不赞成“前辈”将柳永与屈原相比，他接下去说：“柳何敢知世间有《离骚》？唯贺方回、周美成时时得之。”王灼大约是从风格着眼的。那么“前辈”何以认为《戚氏》有似《离骚》呢？仔细看来，柳词中那份“凄然望乡关”的怀才不遇之情，显然与屈原相似。然而柳永写怀才不遇的词很多，“前辈”何以独拈此篇与《离骚》并论呢？此词的独特之处显然是以“赋体”写“骚情”，或许这才是“前辈”的关注点。这首词凭长调优势，以“赋体”叙事抒情，后人于此亦有关注，蔡嵩云《柯亭词论》云：

《戚氏》为屯田创调，“晚秋天”一首，写客馆秋怀，本无甚出奇，然用笔极有层次。

“用笔极有层次”，就是铺叙，就是赋的作法。刘勰《文心雕龙·诠赋》云：“赋者，铺也，铺采摛文，体物写志也。”柳词之叙事，往往于长调中采用赋的铺陈手法，比如他的《望海潮》（东南形胜）、《倾杯乐》（禁漏花深）、《木兰花慢》（古繁华茂苑）等词写都市繁华，令当时人范镇感慨：“仁宗四十二年太平，镇在翰苑十余载，不能出一语咏歌，乃于耆卿词见之。”[①] 李之仪《跋吴思道小词》云：“至柳耆卿始铺叙展衍，备足无余，形容盛明，千载如逢当日。”[②] 当代学者对柳词以赋体铺陈叙事亦有论述，如孙维城《论宋玉〈高唐〉〈神女〉赋对柳永登临词及宋词的影响》[③]、吴惠娟《试论北宋词发展的重要途径——赋化》[④] 等。

---

① 祝穆：《方舆胜览》卷十一载范镇语。

② 李之仪：《姑溪居士全集》第四册卷四十，《丛书集成初编》本，中华书局，1985年版，第310页。

③ 孙维城：《论宋玉<高唐><神女>赋对柳永登临词及宋词的影响》，《文学遗产》1996年第5期。

④ 吴惠娟：《试论北宋词发展的重要途径——赋化》，《中国韵文学刊》2000年第2期。

以赋体作词，铺叙展衍，也是周邦彦之所长，陈振孙《直斋书录解题》称周“长调尤善铺叙，富艳精工”。袁行霈曾有《以赋为词——试论清真词的艺术特色》[1]专门论述。

两宋以后，以赋为词，铺叙展衍，成为慢词创作的重要手法。然而铺叙之法只是利用长调的叙事长度，尽可能比短调叙述得充分一些，却不可能改变词体叙事之跳跃、留白的基本体制特征。因为词的篇幅毕竟有限。

小令的浓缩式叙事，也可以容纳不同的故事时间。就是说，词中故事时间的长度不一定受叙事时间的长度制约，它可以“突然而来，悠然而去，数语曲折含蓄，有言外不尽之致”[2]。比如温庭筠的《望江南》（梳洗罢）：

> 梳洗罢，独倚望江楼。过尽千帆皆不是，斜晖脉脉水悠悠，肠断白蘋洲。

① 袁行霈：《以赋为词——试论清真词的艺术特色》，《北京大学学报》1985年第5期。

② 沈祥龙：《论词随笔》，载唐圭璋编《词话丛编》第五册，中华书局，1986年版，第4050页。

二十七字的叙事时间，容纳了很长的故事时间。读者可以按词句的引导，在叙事的跳跃留白部位展开想象式解读：词中的女主人公大概是一位曾经有过丈夫或情人的少妇吧（当然她也可能是任何年龄的女性，只是文学阅读习惯于想象她是少妇，从而获得更多的阅读美感），她在某一年某一季节的某一天，也可能是相当一段时期中的每一天，晨起梳妆之后，倚楼而盼望意中人归来，但她“上千次”地失望了。“过尽千帆”是客观的故事时间，因“皆不是”而“肠断”，是主观的、心灵的故事时间。尤其耐人寻味的是：这“过尽千帆皆不是”的时间是一天呢？还是一年呢？甚或是一生的守望呢？故事时间可以在想象中无限延展，以至于延展为人类生存中普遍而永远的守望。词中的个别叙事因而可以变成人类的普遍叙事，就像今人或未来人站在重庆朝天门码头或者英国剑桥上守望而不果一样。没有留下本事记载的词，就是这样给读者提供可解读的、可伸缩的故事时间。

又如辛弃疾的《鹧鸪天·有客慨然谈功名，因追念少年时事，戏作》：

壮岁旌旗拥万夫，锦襜突骑渡江初。燕兵夜娖银胡
䩮，汉箭朝飞金仆姑。

追往事，叹今吾，春风不染白髭须。却将万字平戎策，换得东家种树书。

这首词有其他的辅叙文本，因而读者对词中空白的故事时间的想象不能过于随意，必须根据作者的生平事迹，去想象五十五字的叙事时间中所容纳的词人漫长生命时间中的两个最具代表性的故事，这里不必赘述。可见故事时间可以不受叙事时间制约。

不受叙事时间制约的意思，并不是可以随意在想象中延长故事。比如周邦彦的《少年游》（并刀如水）：

并刀如水，吴盐胜雪，纤手破新橙。锦幄初温，兽烟不断，相对坐调笙。低声问向谁行宿？城上已三更。马滑霜浓，不如休去，直是少人行。

据词话记载，此词叙述的只是一个夜晚的一段情事。作者对故事时间有具体的指定。可见叙事时间的长度与故事时间未必成正比。

叙事时间的长度影响词的叙事容量，但对故事长度却没有必然的影响。不论长调还是小令，不论铺叙还是浓缩，不论用赋体还是比兴，其所叙之事既然都是跳跃式的，那么故事长度、过程、情节等，就可以被或多或少地留白，让读者“透过聚焦部分，去窥探聚焦以外部分，去寻找和解读有意味的空白”[①]。如温词《望江南》（梳洗罢）中“过尽千帆”和“斜晖脉脉”的过程中、辛词《鹧鸪天》（壮岁旌旗拥万夫）“往事”和“今吾”之间，都有大量“有意味的空白”。留白的多少，与“故事时间”的跨度大小有关。比如上举周邦彦的《少年游》（并刀如水）、李清照的《如梦令》（昨夜雨疏风骤），词中的故事时间集中在一夜之内，留白就很少。而同样是短词，温庭筠的《望江南》（梳洗罢）时间跨度大，留白就多。可以说，“留白”是词体叙事区别于其他叙事文体的最大特点，这当然是因其篇制的局限所致。

3. 诗意叙事

与散体叙事文类相比，韵文叙事更注重诗意，词尤其如此。所谓诗意叙事，类似于王国维所谓“风人深致”[②]，他所举《诗·蒹葭》和晏殊之《鹊踏枝》（槛菊愁烟兰泣露），颇可说明诗意叙事之特征，即意境叙事、意象叙事、雅言叙事。

词讲究意境，而意境是含有潜在叙事因素的。比如李煜

① 杨义：《中国叙事学》，人民出版社，1997年版，第250页。
② 况周颐、王国维：《蕙风词话 人间词话》，人民文学出版社，1960年版，第202页。

《浪淘沙令》（帘外雨潺潺）之凄凉绝望的意境中，隐含着亡国的故事。柳永《八声甘州》（对潇潇暮雨）之旅愁和相思的意境中，隐含着离别漂泊的故事。陆游《卜算子》（驿外断桥边）之孤芳自赏、清高自守的意境中，隐含着怀才不遇的故事。词的意境叙事与小说的情节叙事不同，词人要表述的不是故事的客观过程，而是人在世事中的意。词人用景、情、事、理融合的方式营造出一种富于象征和暗示意蕴的话语环境，事件在其中通常不是显在的情节，而是潜在的故事背景。比如毛滂联章《调笑》词第六首写《莺莺传》故事：

何处？长安路。不记墙东花拂树，瑶琴理罢霓裳谱。依旧月窗风户。薄情年少如飞絮，梦逐玉环西去。

三十八字的词不可能叙述情节曲折的故事，于是词人就用这种片断的、细节的、跳跃的、留白的叙述，营造出一种梦幻人生的意境，强调欢爱难久的感伤。词中并未讲述具体的故事，但这个意境却是以潜在的莺莺故事为背景的。作者在已有故事的基础上，拈出“墙东花拂树”“月窗风户”“薄情年少”三个模糊情节，用类似写意画的笔法点染出一个爱情幻灭的意境，并在词后注明所咏乃“莺莺”，从而提示读者在阅读时只能联想莺莺故事。故事只是衬托歌词意境的模糊的事影。他这组联章体词叙述九位美女故事，皆用此技巧。这与赵令畤《蝶恋花》十二首词咏唱一个故事有所不同。

十二首词咏唱一个故事，意境叙事的特点也很明显。比如其中最简短的一章一词：

> 是夕，红娘复至，持彩笺以授张曰：“崔所命也。”题其篇云：《明月三五夜》。其词曰：“待月西厢下，迎风户半开。拂墙花影动，疑是玉人来。”

该词取自《莺莺传》的原文。词人每次节录小说原文之后，都以“奉劳歌伴，再和前声”八字引起歌词，好像说书人另请演唱者登场一样。这一段的歌词是：

> 庭院黄昏春雨霁。一缕深心，百种成牵系。青翼蓦然来报喜。鱼笺微谕相容意。
>
> 待月西厢人不寐，帘影摇光，朱户犹慵闭。花

动拂墙红萼坠。分明疑是情人至。

歌词是对故事的重新叙述，两种文本叙述相同的情节，但并非完全重复。歌词上片从张生的视角叙述，将“是夕”二字铺展为十六字，渲染成一种富于暗示性的、诱发人联想的相思情境，从而使原本短小的词具有可延展阅读的言外之意。“蓦然”二字则正是词体叙事的一大关键，“蓦然”原本是主人公的感觉，表明其内心喜出望外的惊讶，但它同时又是潜在叙事，表明故事发生了柳暗花明的转折。

词的下片转换了视角，从莺莺的角度演绎她自己的书信内容，实际上是对莺莺期待情人的行为和心理活动的诗意叙述。“待”字领起意境叙事：朦胧摇曳的月光花影，给人一种飘忽不定的感觉，暗示怀春的少女在初夜即将来临的焦急守望中，激动而又不知所措、渴盼而又忐忑不安的微妙心理。小说中清晰的情节叙事在这里变成了模糊的意境叙事。

意境的潜在叙事，给读者留下较多想象故事的空间。读者既可以顺着作者的暗示去想象这个故事，又可以发挥想象，由此及彼地联想或类比其他事情。比如王国维从三种词境联想到“古今之成大事业、大学问者，必经过三种之境界……”[1]，使三种词境的潜在叙事从晏、柳、辛三人的个人情事，延伸指向人类世事。

如果把意境叙事比作一个潜在的事场，那么意象叙事就是一个个携事的单元。意象可能参与意境叙事，也可能独立叙事。意象叙事又可称为隐喻叙事。西方诗学认为隐喻是诗歌的生命，是诗歌最本质的表达方式。史蒂文斯甚至说“没有隐喻，就没有诗”。亚里士多德说“隐喻是把属于一事物的字用到另一事物上”。柯勒律治说“诗的力量……在于把活力灌输进人们的大脑，以迫使想象去创造图画”。巴费尔德说隐喻使“接受者可以抓住暗示给他的新意义”。[2]西方诗学所谓隐喻，与中国诗学中的比、兴是同类范畴，都是将意象视为诗歌的基本元素和主要表达方式。意象就是因象寓意。当一个意象隐喻某事时，它便具有叙事意味。尤其是有些意象在长期的使用中，总与某类事情相关，从而形成了固定的用法和特定的意蕴，就成为原型意象。原型意象通常都有类型化叙事的意味，如“杨柳依依”隐喻离别情事，“孤

---

① 况周颐、王国维：《蕙风词话 人间词话》，人民文学出版社，1960年版，第203页。

② 以上引文转引自特伦斯·霍克斯的《论隐喻》，高丙中译，昆仑出版社，1992年版，第8、第9、第66、第94页。

鸿缥缈”通常隐喻怀才不遇，“秦楼月落”隐喻深闺寂寞，等等。原型意象用于具体作品中，就变成了具体的隐喻叙事。比如上举赵令畤《蝶恋花》词中红娘传书的情节，作者以“青翼”代“红娘”，暗用“青鸟”神话典故；以“鱼笺”代“彩笺”，暗用“鱼传尺素”典故。这两个流传久远的典故具有深厚的叙事张力，使词的故事性大增。又如贺铸《青玉案》（凌波不过横塘路）中“凌波”这个意象，不仅代指风姿绰约的美人，而且链接着《洛神赋》的故事，从而既隐喻美人难求的人类故事，又可能隐喻着作者个人的一段情事：一面是深闺幽独，一面是嘤鸣不偶。历代词家注释这个意象，无不溯源于《洛神赋》。又如辛弃疾《摸鱼儿》（更能消几番风雨），用“玉环飞燕”隐喻红颜薄命、君恩难久，其中潜在的叙事背景是英雄失意、小人得志、君心难测等。

然而更多的意象并非原型式意象，但不论是否原型，都可能具有显在或潜在的叙事性。比如贺铸《青玉案》中用“横塘”隐喻隔离，李清照《醉花阴》（薄雾浓云愁永昼）用“黄花瘦”婉叙夫妻离别，陆游《钗头凤》（红酥手）用“东风恶”隐喻某种势力迫使夫妻“离索”，等等，都具有潜在的叙事性。

并不是所有的意象都有叙事性，但在篇幅有限的词中，词人如果能利用意境和意象实现潜在或显在的叙事，无疑会增加词的故事容量。意境和意象叙事的隐喻性、模糊性、诱导性，使词的诗意叙事特征更为鲜明。

词的诗意叙事表现在语体上，是雅言叙事。雅与俗是比较的概念，并无固定的标准。诗、词、文同属雅言文体，但词语可能略俗。若与戏曲、小说相比，词的语体又雅致得多。比如前举宋人《伊州曲》词的语体风格与《长恨歌》一致，都可以称之为雅言叙事，与小说、戏剧的俗言叙事就明显不同。以马嵬坡贵妃缢死这一情节为例，《长恨传》的叙述是：

> 当时敢言者请以贵妃塞天下怨，上知不免，而不忍见其死，反袂掩面，使牵之而去。仓皇展转，竟就死于尺组之下。

洪升《长生殿》：

> 众军……围驿下……（李、杨抱哭）
>
> 旦唱：魂飞颤，泪交加。
>
> 生唱：堂堂天子贵，不及莫愁家。
>
> 合唱：难道把恩和义，霎时抛下？

旦跪介：臣妾受皇上深恩，杀身难报。今事势危急，望赐自尽，以定军心。

…………

丑持白练上：启万岁爷，杨娘娘归天了……自缢的白练在此。

这都是俗言（口语化）叙事，与《长恨歌》“六军不发无奈何，宛转蛾眉马前死”、《伊州曲》“銮舆幸蜀，玉环缢死。马嵬坡下尘滓，夜对行宫皓月”的雅言叙事有明显的语体区别。雅言叙事增强了叙事的诗意特征和抒情性。

4. 自叙式叙事

叙事学还有一个重要研究理念——叙事视点。华莱士·马丁在《当代叙事学》中说：

正是叙事视点创造了兴趣、冲突、悬念乃至情节本身。[①]

它被美国和德国批评家认为是叙事的规定性特点[②]视点（point of view）：这个术语泛指叙述者与

---

① 华莱士·马丁：《当代叙事学》，伍晓明译，北京大学出版社，2005年版，第159页。

② 同上书，第3页。

> 故事的关系的所有方面。视点包括距离（distance）（细节和意识描写的详略，密切还是疏远），视角（perspective）或焦点（focus）（我们透过谁的眼睛来看——视觉角度），以及法国人所谓的声音（voice）（叙述者的身份与位置）。[①]

简言之，视点就是从谁的角度观察和叙述事件。叙事学特别注重区别作者、叙述者与叙事的关系。斯坦泽尔在《叙事理论》中区别了三种叙述：第一人称叙述、作者叙述、形象叙述。第一人称叙述是由作品中的“我”叙述故事，“我”也是故事中的人物。作者叙述是叙事作品最常用的方式，作者隐身于故事之外讲别人的故事。形象叙述是故事中的人物在感受和思索他所置身的世界，他并不叙述故事。[②]事实上，在这三种情况中，作者可能都不是在叙述自己的故事，而是隐身于事外，用不同的方式讲别人的故事（只有自传体作品才是叙述自己的故事）。作者在讲故事时，他本人以叙述者的身份完全不介入或不完全介入故事，其介入与否及介入程

①华莱士·马丁：《当代叙事学》，伍晓明译，北京大学出版社，2005年版，第148页。

② 同上书，第163页。

度与他采取的人称话语、叙述声音的强度正相关。[1]

叙事学的视点、人称、叙述声音等概念，一般是就小说而言的，但对词学研究不无启发。词体文学的叙事视点，多数是作者自己，词体叙事主要是作者自叙。在自叙中，作者完全地、直接地介入叙述，其介入的强度远远超过小说。词的自叙中隐含着第一人称“我”，这个“我”正是真实的作者自己，因而他的叙述声音也趋雅而避俗。换言之，小说家通常是在编故事，词人则通常是在叙述自己；小说以虚构为主，词以写实为主；小说中的人物语言必须符合其身份，当俗则俗，词的语言通常只符合作者的身份，文人之词自然以雅言为主。

词当然也有“他叙”，比如李白的《忆秦娥》（箫声咽）、温庭筠的《菩萨蛮》（小山重叠金明灭）、晏殊的《破阵子》（燕子来时新社）等。词也有虚构故事或改编故事，如上文所举牛希济《临江仙》、毛滂《调笑》、赵令畤《蝶恋花》三组联章词。但通览历代词作，自叙无疑是主要的叙述方式，比如白居易《忆江南》（江南好）、李煜《虞美人》（春花秋月何时了）、柳永《鹤冲天》（黄金榜上）、

① 罗钢：《叙事学导论》，云南人民出版社，1994年版。

晏几道《鹧鸪天》（彩袖殷勤捧玉钟）、苏轼《水调歌头》（明月几时有）等。这实在是无须过多举证的。这种“我言说我”的真实自叙方式，与小说、戏剧等文体的“他叙”、虚构方式大大不同。

词的自叙性，使作者既是叙述者，又是被叙述者，作者本人的私人生活场景、心理场景被自我呈现出来，这就使词比其他文体更加个性化，不同作者的词具有不同的叙述模式和人文内涵。比如柳永词的叙事就带有“浪子”情调、游士情怀和市井风情，晏殊词的叙事有贵族气，晏几道词的叙事有情痴味道，姜夔词的叙事有清客特征，辛弃疾词有军旅英雄气质。这都是只属于作者自己的生命内涵。这就意味着对词进行叙事学研究，也有助于社会的、历史的、文化的、人本的研究。

研究词的叙事内涵，可以直指作者，在作家与作品之间寻绎作者的个性化、具体化的故事内涵，这有别于小说叙事学研究可以淡化作者，淡化内涵研究，偏重文本结构和形式的综合化、抽象化倾向。从事小说叙事学研究的某些学者，把作品视为“一个不受任何外部规定性制约的独立自在的封闭体系。……它不是通过叙事作品来总结外在于作品的社会心理规律，而是从叙事作品内部去发掘关于叙事作品的自身的规律。这种内在性的观点意味着，叙述学的对象是自成一体的，它杜绝任何影响作者心理、作品产生和阅读的社会历史条件的介入。与之相应，叙述学研究所关心的不再是叙事作品与外界因素的关系，而是其自身内部诸因素之间的关联”[①]。词的叙事学研究不能如此，由于词的自叙性和真实性，词的作者正是研究的重要对象。被小说叙事研究“杜绝”的所谓文本以外的因素，必然被纳入词体叙事研究的视野。

其实叙事学也不是只注重结构形式而完全忽略内涵的。华莱士·马丁说：

> 形式并非仅仅是故事如何被讲述的问题，它也可以包括从情节中浮现出来的形象、隐喻和象征的结构，因此小说就可以用已经被成功地运用于诗歌的方法来研究。[②]

---

① 张寅德编选《叙述学研究》，中国社会科学出版社，1989年版，编译者序第5页。

② 华莱士·马丁：《当代叙事学》，伍晓明译，北京大学出版社，2005年版，导论第3页。

反之，借鉴小说叙事学研究的方法来看词这种抒情文体，其中的“形象、隐喻和象征的结构”中，肯定是携带着“情节”叙事的。

（本文刊于《中国社会科学》2004年第2期）

贺新凉·负笈吉大

北国秋无限。
正西风，云涵落照，故园遥远。
杨柳枝头天萧索，芳草萋萋魂断。
细认取，斜阳孤雁。
不见晚凉生彩袖，也难寻，别浦蝉声怨。
游子意，为谁倦。

文辞未遂浮生半。
不堪言，千秋儒子，眼前书卷。
南北诸君同歌处，徒向寒窗兴叹。
尚未解，炎凉深浅。
幸有冰心兼骏骨，醉扶疏，笑许冯谖愿。
问世路，几千万。

1985年10月

江城子·悼胡耀邦

哀民十亿痛相随。
意伤悲。
泪如催。
忠直平生，此际黯然归。
磊落平生知憾事，风范永，令名巍。

中华多难盼腾飞。
忆丰碑。
望君回。
大业维艰，君后可期谁。
埋骨青山留正气，功赫赫，月同辉。

1989 年 5 月

满庭芳·负笈复旦

除夕夜复旦南园十博士雅集，有叹清贫者云：古人对酒当歌、借酒消愁。今博士多无酒钱，但写酒字耳。

岁月蹉跎，沧桑世事，西风衰草斜阳。

负书游子，寂寂对寒窗。

天教衣冠人物，斯文尽，扫地堪伤。

凭谁问、儒生自古，忧患半书香。

凄凉。

千里外，佳人独坐，细数流光。

望断雁云中，疑是归航。

欲效古人狂饮，却无奈，搜遍空囊。

权书尽，千秋酒字，佯醉忆芬芳。

1995年12月31日

八声甘州·寄内

笑痴儿未悟鬓先秋，飘零总扁舟。
伴千年书卷，孤灯夜夜，岁月如流。
却问浮生浪迹，此意几时休。
又是东风绿，春在枝头。

忍踏芳红满地，惜年年青草，谁解淹留。
折馨香盈袖，远路致无由。
算春光、应知人意，许此风、月夜叩妆楼。
无须道，天涯游子，邈渺离愁。

1996 年暮春

鹧鸪天·深秋寒夜复旦南园记梦

沪上秋深夜雨绵。

清儒孤雁忆流年。

落花池畔婆娑柳，邂逅桥头泣血缘。

啼鸟恨，顾无言。

鸡窗梦醒锦衾寒。

无端锦瑟今何处，醉把心殇细细弹。

1996 年

汉宫春 · 寄内

长忆当年，共中秋明月，醉识芳容。
寒枝阅尽冰雪，驻我孤鸿。
艰辛世路，最难能，君意从容。
十四载，燕原岭表，等闲琴瑟融融。

今岁西风沪上，问繁星晓月，底事匆匆。
拟凭东篱把酒，醉与君同。
情怀深处，怎寻得，人瘦词工。
频梦断，婵娟万里，西楼月色溶溶。

1996 年中秋于复旦南园

望海潮·呈业师王水照先生

负笈东游已历三春，初夏夜博士论文完稿，意颇感慨。在复旦每逢教师节、新年，乃与同窗拜谒师尊，贺卡依次有“师恩似酒”“师恩似月”“师恩似水”云云。师笑曰：“似水好！似水好！”

王门闻道，心期廿载，愚年不惑从游。
希圣慕贤，倾心向若，投师夫复何求。
孺子沐清流。
恨从公太晚，岁月难留。
仰首高山，拼将雅志寄书楼。

长江日夜东流。
有师恩似月，照我扁舟。
滋蕙植兰，师恩似酒，春风化雨心头。
复旦几春秋。
信师恩似水，厚德悠悠。
懿范宗风，长励岭海一孤鸥。

1997年3月

水调歌头·初职中大

榕树阅今古，珠水绕名园。
钟灵舒秀此地，风雨伴华年。
曾记中华鼎足，三大名城名校，岭表数中山。
人物一时盛，光彩蔚康园。

忆序经，思寅恪，叹流年。
大钟楼下，青衿踏月谒前贤。
岁岁花开花落，学子年来年去，世事几悲欢。
灯影书香里，卮酒话薪传。

1997年7月

八声甘州·送别崔建社兄远迁新西兰

崔建社，英语硕士，洛阳人，执教广州大学外语系。忽移民新西兰。其妻吴素萍，与崔同窗于长沙，修法语者。

问崔君底事渡重洋，中年又漂流。

忆初惊河洛，风华季子，爱上层楼。

萍水潇湘素女，云雨梦沙洲。

岭表盈虚月，落帽春秋。

最念悠悠穗上，与相知把酒，意气方遒。

算孜孜矻矻，谁解此淹留。

想今番、孤鸿南去，笑谈中、往事已悠悠。

分携处，纵红酥手，难挽离舟。

1997年12月

醉花阴·夔门戏语

楚水巴山云出岫。
涛怒长江吼。
峡口俏佳人，三过夔门，一见红酥手。

夜阑雨歇人归后。
情重心如旧。
执手泪凝眸，别意凄凄，低问君知否。

1998年7月

望江南·密州

苏轼学术研讨会在诸城（即密州，又称龙城）举行，用东坡超然台词韵。

秋才半，淇畔月初斜。
千载超然台下路，龙魂总佑密城花。
龙脉润千家。

苏子事，最是意咨嗟。
骑鹤前贤人已去，为留薪火与新茶。
休负好年华。

1998 年秋

醉花阴

己卯春暮，康乐园兴篮球赛事。中文诸子不甘文弱，乃以苍劲之旅迎战少壮八强。领军者弱女陈氏小枫也。枫女不唯人物清俊，才情蕴藉，且风度淑懿从容，温婉宜人。不知球而善助球兴，不强人而人自随之。其于赛事也，胜则欢欣鼓舞，率真毕见；败亦心静如水，宽语慰人。杯水微笑之间，遂振七尺男儿豪猛争先之气。于是三军用命，勇折季春之桂；将士凯旋，沉醉紫荆华园。是有学府名媛举觞不辞歌酒，岭海风人援笔竞赋词章。鸥虽不敏，忝列席末；才虽愚钝，兴会亦同。乃效秦七笔法，戏为醉词，聊供樽前一灿也。

莺乱榕深春已瘦。

绿重红难久。

枫叶俏临枝，婉转芳菲，醉引红酥手。

小园夜饮人归后。

倚碧窗依旧。

梦断忆南枝，夜色盈盈，风动池边柳。

1999年4月

水调歌头

钟振振教授赐维江词有“盟鸥”美意，谨步韵。

白下帝都久，今古俊人游。
秦淮吟醉风月，平淡作书囚。
朱雀桥边残照，虎踞山头歌酒，天地一樽收。
门内拜圭老，祖述雅人犹。

蒋山长，扬子碧，驻风流。
词林千载评事，青眼爱全牛。
情系东山梅子，神会西昆芳润，壮岁意方遒。
风义兼师友，水调慰江鸥。

1999年12月

注：“圭老”指唐圭璋先生。钟振振著有《东山词校注》、《宋词纪事汇评》（待刊）等。

念奴娇·寄周裕锴

锴兄十八年前于赤壁次东坡韵，有“况我青青发”之豪情。今读之叹时不我予。

百年如寄，叹浮生、醉眼几多人物。
道义风怀，常漫对，寂寂书斋四壁。
荣辱穷通，俗生恩怨，不过风吹雪。
鸥盟清忆，笑谈雄鬼人杰。

辜负年少光阴，天真虚掷，飞羽何时发。
梦里依稀犹记取，渔火江天明灭。
堪恨中年，长歌短引，白了眉边发。
多情谁解，霜天依旧残月。

2000 年中秋

注：1998 年密州初识裕锴，以拙诗赠之。锴以山谷句“此心吾与白鸥盟”回赠。

八声甘州·和赵维江落花词

维江作落花词惜春伤逝，因依韵写芳华幽独之悲。

叹琼林幽独屡风霜，零落莫端详。
惜芳心何驻，清高谁许，又负韶光。
细数晚霞残照，孤雁未成行。
永夜深如水，难梦潘郎。

总是年年春尽，被流光抛却，魂断横塘。
问谁能到此，抔土葬心殇。
算从来、无端锦瑟，伴啼鹃、泣血诉衷肠。
声声是、痴情无悔，一瓣心香。

2000 年 12 月

千秋岁·赠吴勇

1987年于麓湖畔广州大学初识吴勇，陋室而邻，约为终生友。十四载匆匆，值其不惑之寿，友人相聚燕饮，因以小词相赠。

水天空渺，吴子来江表。
辽海阔，鲲鹏杳。
龟山黄鹤迥，青浦扁舟小。
逢玉女，鱼头猛士惊翁媪。

湖畔双飞鸟。
依约青青草。
十四载，书香绕。
从容帷幄隐，国士清修好。
兹不惑，乾坤路远君行早。

2001年5月

注：吴勇，浙江舟山人，负笈于东北大学、华中理工大学，获管理学硕士。尝执教于沪、穗等地，现为广州大学教授。婚湘女冯华。初至冯家，小啖二斤八两之鱼头。

念奴娇

楚天空渺，细看取、天际乘风人物。

造化多情，偏赐予、今古黄州赤壁。

横槊阿瞒，纶巾诸葛，年少周郎雪。

扁舟苏子，孤鸿未许英杰。

长忆副使疏狂，香山粗似，怅浩歌轻发。

倦客天涯身似寄，世事沧桑明灭。

且任红巾，清歌按酒，怜我萧萧发。

笑谈荣辱，千秋同此明月。

2001 年中秋步东坡韵作于黄州赤壁

琼林第一枝·寿苏寰中先生七十华诞

夏雨春风，浮生累事，尘劳脱却谁早。
奉儒修道参禅，君家古来通晓。
坡翁化鹤，雪泥馨，千秋师表。
赤壁下，浩荡长江，绕万仞高崖峭。

君莫道，先哲幽渺。
薪火续，宗风未杳。
诗文词曲传家，雅士最宜窈窕。
希贤希圣，醉康乐，婆娑正好。
看此际，人物清嘉，乐水乐山苏老。

2002年5月

八声甘州·效乐章体寄内

余在日本东海大学访研。所居会馆在湘南秦野市，馆侧有弘法山。

正霜天暮雪冷瀛州，客子意绸缪。

算年来知命，心如止水，事事休休。

不意乘槎浮海，卮酒又孤鸥。

几负康园月，独照妆楼。

举目窗前弘法，看白云冉冉，碧水悠悠。

念佳人怜我，好梦正同游。

待春来、软红酥土，细问询、别后几多愁。

轻携手，有樱花处，小驻兰舟。

2004 年 1 月

洞仙歌·寿邱世友教授八十华诞

阳连谪宦，越千秋阡陌。
岭表名庠转词客。
论师承，常忆方董容商、黄王老，闻道无庵
　馨泽。

词学称四代，学贯中西，解道文心业煊赫。
醉卧紫荆园，把梦窗词、重勘比，原来一脉。
但屈指当今几英才，擅学府文坛，菊英耆硕。

2004 年 3 月 15 日

注：1. 邱公籍连山，与阳山邻，韩愈、刘禹锡曾谪宦于此。2. 师承方孝岳、董每戡、容庚、商承祚、黄海章、王起、詹安泰（号无庵）等。3. 词学家施议对论及二十世纪学，称邱世友、叶嘉莹为“第四代词人兼词学家”。4. 邱公治《文心雕龙》数十年。5. 词家颇议邱公词似吴梦窗。6. 邱公名言：“中文系人起码也要像菊花。”

虞美人·寿曾扬华教授七十华诞

当年孔圣心同点。
瑟约春衣俭。
书香世代绪宗风。
侍坐康园诸子寿曾公。

文尊德重真师表。
大隐何其早。
燕云诗客愿从游。
岁岁听公卮酒解红楼。

2004年3月15日

注：曾公是“红学”名家，有《〈红楼梦〉研究》等著作。

雪梅香

湘南樱花盛开，发词客清狂，乃效稼轩体。

酒杯里，乾坤广大又清真。
算劳生何事，忙忙碌碌逡逡。
佳景良辰总辜负，旧书残卷最伤神。
思高士，脍嫩羹莼，挥麈无尘。

修文。
自为乐，义理辞章，考据频频。
呕肚搜肠，稻粱小字谁珍。
三叹南城大才子，此间何必不如人。
呼红袖，晏舞蘋讴，樱脸微醺。

2004年4月

扬州慢·谒稼轩别业

天与稼轩，一怀英气，未随逝水消融。
叹啼鹃未了，又检校长松。
梦中把、江山细认，未分南北，非旧时容。
只当时，残月依稀，仍照孤鸿。

算千古事，太匆匆，谁许枭雄。
但记取瓢泉，长歌短引，骚雅词工。
令我永怀馨烈，凭卮酒，敬祭辛翁。
信杜鹃花慧，年年知为君红。

2004 年 4 月

八声甘州·两岸中大同道相聚

海峡两岸各有中山大学，近时常以学术会友。余尝于康乐园参与甲申八月之会。

叹人间何事最微茫，游子梦难归。
算天分两岸，相思树老，远水斜晖。
未必相离咫尺，便苦是耶非。
自古分合事，唯任天机。

常忆中山懿范，正文丕两校，雨细云霏。
问匆匆过客，阻隔几时稀。
待秋来、枫浓菊淡，约同游、手足莫相违。
高雄路，荆花煮酒，再访儒衣。

2004年8月

多丽·五十有感

寒云暮，蓦然细忖流年。

叹吾生，蹉跎早岁，懵然少小痴顽。

最堪悲，鬼魔乱舞，未分明，世乱时艰。

叹我青春，未亲科技，但迟迟象管蛮笺。

也曾把，江山评点，梦里踏雄关。

凭栏处，天宽路窄，顽隘颓垣。

算而今，浮生已半，也应知命知天。

想庄生、梦中栩栩，趁长风，羽翼翩翩。

弃圣忘神，悠然无己，功名事自古难全。

更莫说，穷通祸福，经眼尽云烟。

从容抚、无弦锦瑟，心语无端。

2004 年岁末

临江仙·康祺药厂歌

大雾山深涵五气，清江水远风颐。
神农百草信方宜。
创新存远志，关爱在康祺。

岁月无情人有意，长祈身健心怡。
华佗懿范久纷披。
皇天匡世患，福祉在康祺。

2005 年 4 月

水龙吟

中山大学中文系2001级学棣铁坞张七（庚辛）卒业，胡马徐晋如将来中山大学读博，相与作此调唱和。余依其韵略陈送迎之意。

梦回蝶舞从容，忘年不问今何世。
匆匆铁坞，翩翩胡马，栩然如寄。
天纵英才，湖南江北，飘蓬难已。
算谢公去后，马岗岑寂，谁还解，当时味。

莫叹无常无已。
但披蓑，仕疏狂矣。
康园今夜，正荷香细，依年年例。
执酒连宵，趁箫声远，评章天地。
待春来夏去，同燕云子，折荆花佩。

2005年6月30日

水调歌头·送周勇兄迁澳洲

周子解天命，又作澳洲行。

男儿心志难已，湖海任飘零。

拟把江山踏遍，指点人间万象，信手抚长缨。

君子重行健，策士尚清名。

从容把，今古事，辨分明。

猷谋在我，岂任天意主其成。

昔日长安论剑，移步悉尼煮酒，远梦正盈盈。

万里鲲鹏举，执手祝君荣。

2005 年 10 月 12 日

注：周勇，江西大学哲学系 1977 级本科生，1987 年执教于广州大学，后从商，以策划创意见长，纵横国中。著有《谋事在人》等书。

瑞鹤仙·悼巴金

叹仙人鹤起。

问此后、谁知家春秋事。

悲欢百年里。

顾沧桑，荣辱为文宗诔。

哀情怎已。

雾雨电、寒园夜憩。

不忍将、赤子丹心，尽圮与荒唐世。

曾是，巴黎学子。

逐自由行，岂平庸辈。

天才早慧。

千秋笔，中外声蜚。

负盛名，半世享清誉永，未料华章困馁。

录真言，忏悔相随，玉如此碎。

2005 年 10 月

八声甘州·赠刘梦芙

淝上啸云楼主刘梦芙，诗词名世而半生苦辛。余读其诗词文章慕其人品数年矣。兹赴芜湖文会始接清芬。同游数日，登齐山，上九华，游安庆，倾盖三日，诗心文趣既同，评时论世亦多默契，相惜相许，遂如故人。梦芙兄才思敏捷文辞隽雅，沿途每以七步绝句遗我，许以知己。昨宵又特携夫人设宴，灯红酒暖，夫人及数好友唱黄梅清曲侑觞，梦芙兄亲操胡弦助兴，并赐《八声甘州》《木兰花慢》《临江仙》三首，令我深心戚戚。虽知来日方长，相逢有日，亦不免临歧依依。苏轼《八声甘州·寄参寥子》词云“算诗人相得，如我与君稀”。我辈固不敢妄比前贤，然诗心文趣例同，乃以同调奉答梦芙兄深情厚意。

算诗人自古几相知，如我与君狂。
正秋风雁阵，霜天寒碧，执手鸠江。
数载神倾心慕，梦里认华章。
一盏金兰酒，细说沧桑。

神会齐山佳处，忆杜郎萧影，岁岁幽篁。
又天台论道，击节许心香。

入宜城，君乡情暖，赏黄梅，远客惜红妆。

临岐夜，拜承清赐，如蔽甘棠。

2006年11月18日

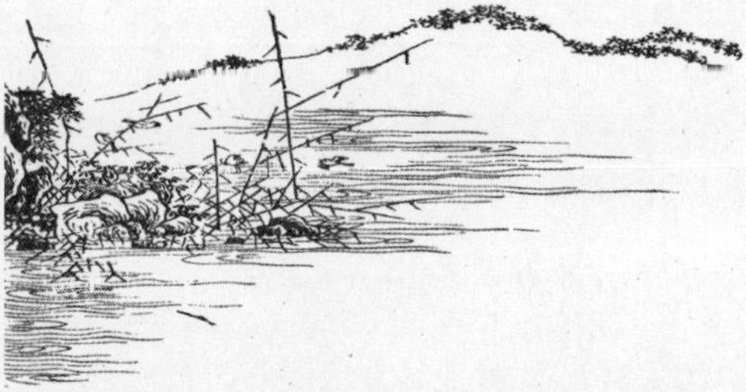

庆春泽·寿业师王士博先生八十华诞

吾与同门张晶、李世中从各地赴长春为业师贺寿，时降瑞雪。师笑曰：“今岁初雪。”老师与师母王文郁女士同年同月同日生，同属满族王姓，结婚六十年矣。余撰联：“通达渊雅耿介清高皆任情率性亦苏亦黄真名士；富贵功名得失荣辱尽由命随缘唯文唯郁最良朋。”师笑曰：“这个好。”

朔漠风寒，春城酒暖，琼瑶鹊踏年年。
长忆从公，抠衣立雪堂前。
沧浪坡谷从容数，到而今，三昧依然。
羡吾师，道义文章，雅似坡仙。

春风化雨蕃桃李，有箪瓢弟子，希圣希贤。
塞北江南，看羊放鹤皆妍。
灵椿未许昆彭老，兴方浓，悟道参禅。
笑从来，镜水人生，非梦非烟。

2006年11月23日

南乡子

首届穗港澳大学生诗词大赛颁奖典礼在中山大学举行，当晚众嘉宾评委并诸生燕集康乐园，酒酣而歌，鸥击节碎箸，众人遂约以“击节碎红牙”起句，各作《南乡子》以绪风雅。

击节碎红牙。
酥手清唇蝶恋花。
今夜与君风雅事，呜笳。
且任诗心醉晚霞。

流水绕蒹葭。
也趁斜阳数暮鸦。
缓步此生宽窄路，堪嗟。
寂寂天涯好弄槎。

2006年12月19日

满庭芳·侍邱公春游

丁亥早春，广州雕塑公园郁金香竞放，邱公携后学赵福坛、吴承学、孙立、张海鸥、彭玉平诸教授踏青赏花。

常慕雩门，春衿初换。
碧山烟水蒙蒙。
瑟稀音缈，心远意从容。
历历衣冠磊落，登临处，长袖当风。
呼童子，箪瓢载酒，小饮暂朦胧。

匆匆，千古事，弦歌谁继，儒雅谁同。
正郁金香清，桃李花秾。
弟子相从啸咏。
人争看，词客诗翁。
留连久，邱公微倦，疏影认飞鸿。

2007年2月

水调歌头·咏蟹

商承祚先生十七岁作《咏蟹》诗："公子无肠不解愁，江湖豪气孰能俦。横行郭索空千里，直吐珠玑泄九秋。入簖有时倾泽国，乞符无意属监州。平生玉质真知己，换得煎熬妙句投。"晚年书赠三鉴斋主，余见而喜之，因作《水调》檃括之。

公子无肠客，不染世间愁。

江湖豪气磊落，千古孰能俦。

任意横行郭索，总把胸襟直吐，珠泄向清秋。

执锐披坚者，行远不须舟。

入时簖，倾泽国，荐珍馐。

乞符无意，傲骨何必属监州。

念我平生玉质，但得真情知己，倾盖复何求。

妙句煎熬处，拚却此身投。

2007年2月7日

醉花阴

湖南李滢酒作《醉花阴》首句“记得当时年纪小”。谢伟国乃约以此句起拍和之。

记得当时年纪小。
未解风情好。
隔水掷青梅，漫看东邻，素手秋千杳。

如今鬓发催人老。
常忆乡音巧。
冥色黯天涯，梦里蓬山，云外殷勤鸟。

2007 年 5 月

鹧鸪天·凤凰花

彭玉平兄办公室与余隔壁，凭窗绿色满目。五月凤凰花开，彭作《鹧鸪天》有“共看一树凤凰花”之美意，余步韵和之。

曾费青春竞比奢。

寻芳几度醉流霞。

未成欢意空中月，始解悲情镜里葩。

深论道，浅斟茶。

共看一树凤凰花。

书香月影人来去，细雨微风燕子斜。

2007年6月5日

鹧鸪天·首尔清溪川

黄梅时节与彭玉平教授赴韩国首尔参加“第五届东方诗话学国际学术研讨会”，会后逗留两日，访首尔名胜古迹。不意城中繁华闹市竟有清溪川水，深可过膝，宽约四米，清澈如山泉，历二十二桥入汉江，不染尘浊。每晚华灯初放，市民相携纷至，或列坐，或徜徉，若流连于世外。乃知水之于人，珍惜贵重正当如此。

远客东来聚论诗。

欣闻闹市有清溪。

濯缨好趁沧浪水，写意难逢大隐时。

情窅窅，岸萋萋。

华灯照水碧参差。

黄梅时节风吹雨，又送离人西复西。

2007 年 7 月 10 日

八声甘州

中秋月凉，独步江畔，忽忆旧事，枨触无端。

正昔时月色照清江，客子又重游。

念飞鸿亭上，伊人几度，为我凝眸。

远水斜晖脉脉，卮酒送行舟。

纵有江淹笔，难赋离愁。

长记深宵携手，倚一池寒碧，唱遍甘州。

许相知白首，从此复何求。

叹而今、中年何逊，独漂零、华发又经秋。

梅边事，恍然如梦，梦也难留。

2007年9月

高阳台

与岭南诗词研习社诸生采风增城，小楼镇何仙姑家庙有桃树一株生于屋顶，不接水土，每岁开花结果，堪称绝世孤芳。里人视为天赐，极珍贵之。

毓秀钟灵，餐风饮露，仙姑允绽奇葩。
一树凌空，怡然云里生涯。
醺风半倚开红萼，问此间，谁与横斜。
但凭高、漫道孤芳，自许清嘉。

平沙远水南飞雁，算曾经眷顾，几度流霞。
阅尽悲欢，依然采采蒹葭。
当年王母瑶池客，若倦游，且驻云车。
对庭荫，醉卧何须，故土桑麻。

2007年11月

多丽·大学同窗三十年聚

沐春风，马羊劫后初逢。

叹当年、青葱岁月，堪悲世乱途穷。

羡冯谖、长歌倚柱，惜我辈、未解愚蒙。

赵郡燕原，风云寂寂，敢期长索系蛟龙。

泯心志、斯文渐远，瓦缶笑黄钟。

天边月，年年依旧，汉苑秦宫。

幸中华、灵蛇蜇起，废黉重许飞鸿。

跃龙门、一时骄子，书香里、意气方浓。

四载同窗，切磋砥砺，临岐分袂太匆匆。

阔别久、携沧桑事，重聚话萍踪。

凭卮酒，祝君余岁，乐事融融。

2008年3月

雁过妆楼

岁次戊子，凤凰花季又至，遥思康乐公雅致，乃作此与康保成教授共勉。

长袖当风。
康乐意、最是此际雍容。
马岗山水，犹记逆旅萍踪。
满目川原深浅碧，高花一树映天红。
画堂东，圣贤韵远，儒雅谁同。

而今凤凰树下，看中州学隐，大业方隆。
续火传薪，遥夜静阅疏钟。
辞章义理考据，道可道、书生意态丰。
苍穹迥，有月华长照，踏雪飞鸿。

2008年5月

临江仙

应邀赴台北东吴大学任客座教授半年，友人饯别，席间相约各赋此解。

客子乘槎传古道，弦歌论道东吴。
今宵卮酒说蓬壶。
海东长念远，孤月伴清儒。

耿耿银河横白露，千秋弹指功夫。
闲凭知己说贤愚。
青袍容与意，历落短长途。

2008年9月3日

水调歌头

执教台北东吴大学，有强台风。校园停课，人迹罕见，满地断枝残叶，举目天风海雨，星月隐形。蜗居独处，意颇孤寂，如此中秋，思绪纷披。

佳节赏明月，此际在天涯。
听风听雨游子，行旅忆年华。
少小艰辛塞北，历历红羊恶梦，一念一咨嗟。
寒饿度长夜，蒙昧对昏鸦。

柳荫下，曾几度，醉流霞。
星河雁影，长记寻梦又寻花。
鬓发而今半染，幸有诗心酒趣，文笔渐清嘉。
授业无南北，课讫且分茶。

2008年9月30日中秋节

沁园春·答谭步云教授

步云兄寄示《沁园春·中秋夜怀燕云子》，深感其意，乃以同调酬谢。

君送琼瑶，我报琅玕，谁弄玉珂。
问人生到处，依稀何似，扁舟逝水，银汉飞梭。
梦幻孤鸿，盐车老骥，蹄爪匆匆雪上过。
无南北，但萍踪邈渺，且恁蹉跎。

康园树影婆娑。
许二子、疏狂醉咏歌。
趁马岗爽籁，惺亭舄履，樽前议论，枰上切磋。
得失随缘，尊卑任命，止水灵台自在多。
诗心远，约年年花季，共赋清荷。

2008年9月30日中秋节

木兰花慢·寄内

执教台北东吴大学，忽忽一月。每缓步双溪，看夕阳西下处乡关邈渺。寓所山坡上相思林密，枝叶委婉随风，时时轻抚窗纱，特发倦客清愁，乃调寄木兰花之慢者。

窗外相思树，频窥我，惹离愁。

料穗上伊人，今宵依旧，缓弄箜篌。

林间路，何寂寂，算几番携手步清幽。

康乐园中卷帙，从容几度春秋。

浮槎难系任漂流。

隔海又孤鸥。

每问此东吴，双溪倦客，底事淹留。

脉脉夕阳西下，照归鸿不解照归舟。

莫叹烟波远近，凭栏且自凝眸。

2008年10月5日

诉衷情

双溪两见月儿圆。

何事照衰颜。

秋深长短风雨，霜重小窗寒。

遥夜永，独凭栏。

望乡关。

华灯明灭，不顾楼头，客意阑珊。

2008 年 10 月 10 日

鹧鸪天·客意

执教东吴是客卿。

中年远别若为情。

飞鸿有意心难寄，落月无声梦未成。

虽带发，却修行。

晨钟暮鼓伴蝉鸣。

新词写罢何人唱，唯有双溪水色清。

2008 年 10 月 21 日

满庭芳·留别伟勇伟建

执教台北东吴大学不免孤寂，幸道友王伟勇教授、王伟建博士关怀备至。王氏伯仲家学渊雅，才学道艺情趣皆高，真名士也。

礼乐诗书，辞章翰墨，从来偏在王门。

瑾瑜名士，襟抱最无尘。

晋室宗风懿范，千载下、依旧氤氲。

歌吟处，君家文质，郁郁复彬彬。

情真。

天与我，清嘉兄弟，缘自前身。

且把酒持螯，啸咏良辰。

莫叹海天暌隔，圣贤事、风雅相闻。

长回首、苏黄李杜，都是道中人。

2008 年 12 月 27 日

瑶华·寿陈炜湛教授

从心祥凤，振羽来仪，恍如歌如梦。
江南江北，阅世事，看惯风生云涌。
容商门下，传与注、谁堪持诵。
算四堂、身后何人，可解康成正统。

回眸日月光华，恰五度青春，风雅兼颂。
辞章翰墨，从此后，岭表名庠持弄。
谨研甲骨，继绝学，千秋堪用。
三鉴斋、字里枰间，道艺都承周孔。

2008 年 12 月

洞仙歌·寿吴国钦教授

吴国钦教授乃王季思先生嫡传弟子，精研戏曲，蜚声学界。其为人清雅闲淡，不慕名利，孤怀高致，有不可形容者。去岁七十华诞，诸同道未及为寿。日前聚饮，议以词补寿。

吴家自古，尚雅风文趣。

季子延陵享佳誉。

傲王侯，远避名利尘嚣，沧桑变，依旧芝兰玉树。

素心当此世，道德文章，国老清芬士林慕。

大道不须言，君子谦谦，研戏曲，古今独步。

数十载、高怀总无争，视魏紫姚黄，陋如商贾。

2009年10月

翠楼吟

寅来丑去，与羊城谢伟国、一叶庐主赵维江、食斋老虎熊东遨、香港郑绍平文森、李国明、深圳毛谷风、丘海洲、潘海东、月出东溟叶文范诸诗友雅集鹏城。

月逐盈虚，人随节序。
风怀雅趣难坠。
文公开绛帐，约诗酒风流歌吹。
陶然堪醉。
伴老虎分斋，潘欣丘慰。
燕云子，共庐边叶，岁寒寻翠。

幸会。
知韵文森，说曲词微妙，意亲红袂。
国明诗与画，写苍海平沙心事。
毛君深味。
爱月出东溟，从容温厉。
相逢是，瑾瑜公子、谢桥名士。

2010 年 1 月 30 日

江城子·送李汝伦诗老

春来寒雨送诗魂。
渡河津。
越昆仑。
天上人间，从此任监巡。
铁笔依然诛腐恶，申正义，悯斯民。

紫箫声里忆奇文。
爱殷殷。
恨频频。
八秩春秋，不做娇情人。
古道仁心诗作剑，风范永，令名存。

2010年2月1日

注：李汝伦（1930—2010），著有《紫玉箫集》。

万年枝·贺舟月良缘

赵福坛教授爱子赵舟与湘女满月喜结百年之好，予作词以贺。

湘月满，赵舟行。
帆正气恢弘。
自从天水纵豪英。
祥瑞佑芳庭。

树梧桐，虚金屋。
许与凤凰修睦。
素怀人重海山盟。
长路共娉婷。

2010年2月8日

长亭怨慢

陈玉强博士入康园二载，今博士后出站，将赴河北大学执教。余家宴饯行。

正春暮、潇潇细雨。

浓酒铜卮，灞桥心绪。

叠叠阳关，殷殷韩序为谁赋。

粤无长柳，当远别、依何树。

欲采紫荆花，赠君佩，花期方去。

天许。共康园二载，与我相知如故。

怪奇理论，算只有，素心人悟。

从此后、学贵精勤，德与业、更求深富。

好相伴熙云，笑对人间甘苦。

2010年4月22日

注：玉强为公子泰熙请字，未审“之明”可否。其妻为周云逸。

烛影摇红·答杨化民年兄

河北师范大学中文系1977级同窗三十年聚会。杨化民作此调，因和之。

别却春寒，小园又见婆娑影。
山川满目碧参差，恍若当年景。
长记吾兄豪猛。
却难堪、京华蹭蹬。
故宫剪纸，虎落平阳，悠悠天命。

劫后余生，男儿热血殊难冷。
杏坛狷傲展长才，大业追贤圣。
谁许英雄驰骋。
月当空、高怀耿耿。
素心雅趣，琴剑萍踪，方臻佳境。

2010年4月24日

醉花阴

《诗词报》诗友以“走兔飞金添百福”起句约作《醉花阴》，因戏作。

走兔飞金添百福。
好梦千钟粟。
最要读诗书，宝马高楼，更有颜如玉。

简明至理如光烛。
照耀知荣辱。
孰料世风新，但逐权钱，何必鸡窗宿。

2011 年 2 月

鹧鸪天·读《沚斋词》

课罢弦歌倦倚池。
放怀今古意纷披。
逢人好饮圣贤酒，独处尤耽止水词。

词中事，最参差。
趁霜趁雪染青丝。
原来天贶清夫子，阅尽悲欢阅紫薇。

2011年5月

注：陈永正，字止水。

风归云

河北廊坊第十二中学五十五年校庆，杨化民学兄命作。

问廊坊，古今历数几名黉。

九畹蕙兰，安次育精英。

春去秋来，天降大任，坎坷亦峥嵘。

总把圣贤期盼，宗风传续，里人长记忠诚。

杏坛三尺，我课弦歌，春风桃李，谁诵诗书，

士子登科日、好簪缨。

回首行程，五十五载，祝酒许心盟。

从此一帆风顺，月高星远，往来多少鲲鹏。

2011 年 6 月 13 日

少年游·步醉师韵斥宵人

余多年勤于授课，却横遭某流氓领导暗算。醉兄作此调为抱不平，因次韵。

幽兰无意惧霜秋。
何必总飕飕。
森森刀笔，营营心计，氓犬吠高楼。

飘零季子心已老，身倦远绸缪。
惟任孤怀，且安逆旅，冷眼对残丘。

2011年6月16日

减字木兰花·悼吴宏聪先生

先生驾鹤。

西赴昆仑王母约。

回首平生。

九秩春秋桃李荣。

宽仁和善。

君子情怀高且远。

一瓣心香。

长系康园看海棠。

2011 年 8 月 21 日

青玉案·记梦

当年邂逅垂杨陌。
素怀暖，天涯客。
孰料飘零多阻隔。
也无踪迹，也无消息。
徒惹青衿湿。

夜阑忽梦三生石。
残句依稀旧时壁。
举目苍茫何寂寂。
满天星斗，一窗寒碧，老树清霜浥。

2011年8月23日

鹧鸪天·依蓝烟韵

蓝烟李亚丹诗才卓越，2009年吾于中山大学主办暑期研究生诗词学校，蓝烟与焉。其忽愿从吾攻读硕士学位，吾许其报考博士。惜其终未尝试。

天贶英才未论年。

蓝烟素抱蔚康园。

浙东女史亲书卷，黄埔诗坛展秀笺。

惊四座，动黉轩。

仙凡未必隔云端。

诗人本是江山客，岂惧舟车远复艰。

2011年11月8日

鹧鸪天·追思洪柏昭先生

暨南大学洪柏昭教授许我以忘年之谊。曾同赴襄阳开会，共攀武当山。公今溘然长逝，余撰挽联：“性宽情厚亲朋皆爱昭公懿范；文雅学渊黉舍咸尊洪府宗风。”又作此词。

曾伴昭公上武当。
仙风道骨意悠扬。
对床细论襄樊事，扶杖同寻诸葛堂。

秋又至，夜方凉。
人神忽隔两茫茫。
不知鹤驾经行处，孰与诗翁共引觞。

2011年11月22日

八声甘州·岁寒念远

熊东遨兄寄词二首写春节还乡情味，依其韵各作一首。

算冰轮依旧缺还圆，清辉慰亲朋。
照浮生万象，千秋故事，游子心情。
总把当年戏语，寄与远飞筝。
却问同窗子，谁最飘零。

记得湖边青涩，有玉人怜我，笑问曾经。
恃书生意气，鹏志诩飞腾。
最心仪，苏辛李杜，论栖迟，历历似前生。
霜华染，人虽渐老，意愈惺惺。

2012年1月17日

临江仙·梦雪

谁信洪荒开辟后，炎方无雪无冰。
林中难觅海棠情。
远鸿何寂寂，伐木自丁丁。

我最魂萦南极雪，舟车如到堪停。
许将肝胆照当庭。
冰心随月远，雪梦趁云轻。

2012 年 1 月 17 日

行香子·农家

与刘尚礼教授及其夫人湘女谢氏雅会于广州南浦桃花岛农家。

南岛桃花。

春雨农家。

水风馨、燕语桑麻。

飞莺小榭，落雁平沙。

念湘江远，珠江近，浦江斜。

杏坛二老，清嘉气韵，叹平生、何事堪夸。

诗情雅趣，淡泊年华。

笑君诗奇，我诗正，古诗葩。

2012年4月4日

行香子·赠布凤华

阳谷春华。
小驻云车。
凤来仪、孰与清嘉。
山东漱玉，岭表鸣笳。
论诗中事，寰中友，镜中葩。

南飞北往，流霞几醉，总难忘、碧草晴沙。
当年折柳，浅唱蒹葭。
信君如冰，我如玉，意如茶。

2012 年 4 月 4 日

浣溪沙·贺婚

女棣陈可嘉，云南人，有诗才，网名惜樱人。负笈浙上时即参与康园诗事，后考入中山大学读研，屡于诗词赛事折桂。今与张鸿峰婚，犹记余“证婚”之语。

诗事纷纭幻亦真。

我缘诗事识樱人。

弦歌二载意方殷。

折桂康园亲卷帙，结缡岭海共甘辛。

葩经盈手证良婚。

2012 年 4 月 27 日

梅弄影·贺陈可嘉张鸿峰新婚

小梅疏影。
最是清嘉景。
披雪孤芳自咏。
漫倚东篱，夜空方耿耿。

韵深香冷。
酩酊谁能省。
幸有鸿飞南岭。
好伴诗怀，冰心期路永。

2012 年 4 月 27 日

烛影摇红·赠谢韩陈立伉俪

二学棣负笈康园，数载恋情终成眷属。用《钦定词谱》四十八字格。

六载康园，算谁能许心携手。

谢家自古尚诗书，絮舞青春柳。

雨打芭蕉人瘦。

信今生、风前雨后。

墨浓香远，醉彻芳怀，陈年老酒。

2012 年 5 月 17 日

注：谢韩网名为“雨打芭蕉”。

蝶恋花

彭玉平教授送毕业生之《蝶恋花》有“五月凤凰花似酒”秀句。吾深喜其风神摇曳意趣别致。因念数年前如此花季，各作“共看一树凤凰花”《鹧鸪天》词。今再拟故事，为郁文堂稍添雅趣。

五月凤凰花似酒。

酝酿千秋，馥郁浑如旧。

必是天公裁锦绣。

妖娆独许春红后。

持弄弦歌邻户牖。

共此芳华，道艺相期守。

且放疏狂轻紫绶。

素心人远风怀久。

2012年5月18日

蝶恋花·赠张若兰余鹏伉俪

张若兰余鹏伉俪执教于大理学院，雅居情人湖畔山水间，神仙眷侣也。吾夫妇特爱之。

何处飞来双羽翼。
总把芳华，映作千秋碧。
一曲情人湖畔笛。
兰鹏缘证三生石。

携手弦歌舒教席。
洱海苍山，好伴诗怀逸。
十九峰前云水恤。
徘徊风雅君家壁。

2012年8月22日

行香子·大理赠刘扬忠教授

吾与刘扬忠学长1992年相识于海南岛辛弃疾学术会上，至今二十年矣。

洱海苍山。
云水之间。
诗词事、孰与凭栏。
当年海岛，五指山前。
乐杯中事，词中友，道中缘。

倏然便老，乡关何处，二十年、象管蛮笺。
弦歌欣续，大理黉园。
与上京丹，下关士，古城兰。

2012年8月22日

注：刘扬忠夫人乃郑丹。高棣张若兰居大理古城区。吾隐居著述于大理下关。

满庭芳·赠何永福教授

雪月风花，苍园四季，从来天上人间。

合欢树下，蝶舞梦翩翩。

如此清庠美序，问谁是，雅士名媛。

凭栏处，君家琴瑟，远韵正悠然。

神仙。

当此际、马龙涧窈，溪水缠绵。

绕楼畔庭前，玉树芝兰。

丁友明珠允慧，耽书卷，希圣希贤。

人生乐，何其永福，总抱素心眠。

2012年8月22日

注：何永福教授，白族，执教于大理学院中文系，研治中国古代文学，不喜权势俗务。其夫人任职于大理学院图书馆，擅厨艺。其女儿丁友明珠，读中学，好文学。何宅位于校园内，独立二层别墅，凭窗可望点苍山主峰马龙峰，可眺洱海绿波。窗前有合欢树，常有群蝶翩翩。

烛影摇红·相约伶仃洋

中华诗教学会第二届年会将于珠海举行。余既为召集人，乃相约以此调唱和。

一脉诗魂，愿君莫负千秋约。
伶仃洋畔弄沧浪，且把吾缨濯。

风雅之音虽薄。
素心人、亦常寂寞。
寰中幸有，岭表孤鸥，襟期历落。

2012年10月10日

满庭芳·悼邓红梅

十里秦淮，千秋风雅，随园又瘗芳岑。
无霜无雪，谁唱葬花吟。
犹记姑苏小调，轻弹处、蕙质兰心。
逢淇水，谈苏论道，粉面意崎嵚。

泉城矜漱玉，清修词史，淑懿胸襟。
咏絮人、神倾文友知音。
未料弦歌方好，君何事、竟弃华簪。
经行处，鸾仪可有，卮酒酹梅林。

2012年10月24日拂晓梦断

注：用《钦定词谱》晏几道格。1998年密州苏学会议，余识红梅于淇水之湄。

雪梅香·记梦寻梅

拂晓已作《满庭芳》悼红梅。不意恍惚入梦，只身寻梅，千里风雪泥泞。但见随园烛影摇红，缁衣相泣，竟无伊人踪影。

夜萧索，泥途万里觅芳踪。
念红颜文友，缁衣远路匆匆。
江畔千林泣如诉，小楼连苑尽成空。
寒鸦绕，雾塞随园，幻幕重重。

孤鸿。
想佳丽，此际诗魂，已化千峰。
系我灵台，也随凤驾临风。
拟把年年戏君意，此时都与落梅红。
浑难见，笑靥伊人，意态从容。

2012年10月24日清晨

唐多令·女棣孙婷与曹务腾君喜结连理

红叶映汀州。

斑斓五色秋。

正金风、轻拂妆楼。

常问此生漂泊处。

谁堪驻，木兰舟。

执手半含羞。

心怜客子眸。

许此身、永结鸾俦。

未虑前程甘与苦，但只愿，伴君游。

2012 年 11 月 11 日

千秋岁·寿谢伟国兄花甲

谢公过处。
多少风流聚。
庭前有，芝兰树。
琴棋书画雅，歌赋诗词古。
浑然出，乌衣巷里王侯府。

坎坷人生路。
幸有梁家女。
数十载，同甘苦。
丹青容与意，梦幻斑斓舞。
尤堪慰，嘉怡善解千秋絮。

2012年11月14日

朝中措·悼吴熊和先生

文章未许一言空。

清誉立寰中。

通论一编精要，学林永沐春风。

伤情最是，哲人鹤去，我泪龙钟。

从此西湖烟雨，如何再觅词翁。

2012 年 12 月

秋兰香·女棣陈慧与仝广秀君结缡

十载康园，青涩学子，研修硕果成双。
胸中添卷秩，琴侧有文凰。
乐儒道，甘苦共芸窗。
意深谁识心香。
算今古，女才男志，二美宜彰。

最是菊英佳处，慧秀久流连，舄履芬芳。
但相将，好梦正汪洋。
今宵试红妆。
除却此生，还盼沧桑。
愿世世，同舟风雨，比翼飞翔。

2012 年 12 月

注：明祝允明诗“何日秦楼缘事了，一声横玉两文凰”。宋刘应时《辛亥长至后》诗“芹畔三益友，芸窗一柱香”。

如鱼水·女棣唐碧红与谢君志勇结缡

明月西江，好峰肇庆，谢氏子弟雍容。

浅碧深红，荷塘朝暮相从。

两心同。

庭前有、青竹高榕。

八载恋、珠水长江，凤凰尤喜驻梧桐。

情脉脉，意融融。

妆罢照影惊鸿。

醉入芳丛。

今宵红烛朦胧。

对丹枫。

舒翠袖、款曲由衷。

不须把、海誓山盟细说，美愿自重重。

2012 年 12 月

东风齐著力·贺浸会大学成立饶宗颐国学院

文化兴邦，千秋宏业，道艺巍峨。
名黉浸会，树影最婆娑。
荟萃中西学术，人才盛、远水清波。
观塘路，饶公意态，庠序维摩。

孰与论渊皤。
温且厉、圣贤气象平和。
但忧近世，国学久蹉跎。
此地书香墨趣，风怀古、好颂弦歌。
宗颐院，芬芳舄履，允大其柯。

2012年12月29日

金缕曲

九脉珠江水。
尽东流、汪洋向若，历千千纪。
长忆当年鹃啼事，水月镜花自媚。
人渐老、风怀孰记。
碧草青榕幽静处，算从前，曾是芬芳邸。
书剑古，弦歌美。

几回梦断箫声里。
伩迢迢、孤帆远影，似离别意。
休向芸窗凝眉立，悄拭痴儿清泪。
不须写，三生血字。
多少软红酥土碧，到如今、犹识凌波起。
俱往矣，铭心底。

2013 年 4 月 11 日

浪淘沙

在中山大学珠海校区讲诗词写作课，结课时由同学随意指定词牌。有同学请作《浪淘沙》，乃拟学生视角现场作之。

侍坐正无闲。
火续薪传。
风怀雅趣对江山。
一曲弦歌犹未尽，课事将阑。

孰与共诗篇。
象管蛮笺。
青春故事总斑斓。
此后人生宽窄路，平仄悠然。

2013 年 5 月

满庭芳·业师王水照先生八十华诞

日月光华，文章璀璨，孔颜气象融融。
弦歌馥郁，弟子共春风。
半肖居中侍坐，谈今古、义理从容。
恍然与、苏辛李杜，踏雪认飞鸿。

今宵持绿蚁，青衿鼓瑟，红袖鸣钟。
敬都把、心香一瓣相从。
又有南山菊好，并兰蕙、竹鹤梅松。
春秋事，庄生已解，我辈但情浓。

2013年6月1日

行香子·玉梦兼呈诗友

魂系昆山。

梦种蓝田。

但只为、一段诗缘。

君心如水，我意如渊。

效禹之功，舜之德，孔之言。

弦歌事业，情怀风雅，数十年、未老吟肩。

时拈平仄，与道周旋。

许冰心长，雪心素，玉心安。

2013 年 11 月 16 日

少年游·致罗辉诗友

山翁解绶未栖迟。

趁雪问新泥。

许心平仄，萦怀律谱，罗帐又芳菲。

江城谁解弦歌意，相与细论诗。

卮酒庭窗，兰香菊淡，鹤影共参差。

2013年12月6日作于武汉

注：山简曾为襄阳守。《世说新语·任诞》："山季伦为荆州，时出酣畅。人为之歌曰：'山公时一醉，径造高阳池。日莫倒载归，酩酊无所知。复能乘骏马，倒着白接篱。举手问葛疆，何如并州儿。'高阳池在襄阳，疆是其爱将，并州人也。"罗辉曾任襄阳市市长，致仕后任湖北中华诗词学会会长，主持重修《词谱》。

行香子·读《粤海风》百期有感

粤海风清。
荟萃精英。
潮头弄、文化批评。
忧民忧国，道义分明。
为寰中事，事中理，理中情。

雄深雅健，纵横议论，醒世言、最尚争鸣。
春秋妙笔，气象峥嵘。
有儒家心，道家骨，释家情。

2013年12月8日

喜迁莺·贺女棣神部明果与广津耕一郎喜结良缘

神部女，广津郎。
异国凤求凰。
御茶之水最芬芳。
之子弄红妆。

问人生，何事好。
执手与君偕老。
相从万里碧波涛。
甘苦共笙箫。

2014年3月1日

注：明果君毕业于日本东京御茶水女子大学后，到广州从余攻读硕士学位。

紫玉箫·涵琪新婚寄语

珠水涵灵，鳌峰琪秀，喜成山海之盟。
秦楼玉润，礼乐诗书久，鸾凤嘤嘤。
算百年事，从此际、一诺倾城。
嘉宾至，呦呦鹿鸣，鼓瑟吹笙。

姻缘信是天赐，唯执手偕行，贵在真情。
同心秉德，共艰辛、宽语笑对枯荣。
雪泥鸿爪，君只顾、磊落如冰。
行方远，怀瑾握瑜，黾勉鹏程。

2014年3月22日

注：吾儿张涵娶孔氏女颖琪。琪就读中学时，校依鳌峰山。据《钦定词谱》，此调只此一词。双调九十九字，前段十一句四平韵，后段十句四平韵。

行香子·梦回东吴

海畔天涯，小驻云车。
问春秋易礼蒹葭。
阳明山水，梁隐人家。
听天声高，树声密，雨声斜。

年来多梦，重游此地，访素书雅韵清茶。
杏坛依旧，谁解鸣笳。
但友情浓，诗情窅，酒情赊。

2014年4月21日记梦

注：台北东吴大学旁有水名双溪。素书堂是钱穆（别号梁隐）晚年故居，在校内。吾执教东吴时，寓所在山坡密林中，九月台风连连，惊心动魄。阳明山有林语堂晚年故居，余尝为研究生授课于此。

蝶恋花·和陈永正教授三首

凤凰花季又至，窗前满目碧绿中血红如簇，夺目亦夺心，吾因而咏叹再三。

其一

五月凤凰花似酒。

醉了相逢，又醉分携后。

楼外烟霞谁守候。

年年此际铺红绉。

蝶梦盈盈君记否。

梦遇天台，梦醒茶依旧。

夜色阑珊风雨骤。

明朝忍顾伊人瘦。

其二

五月凤凰花似酒。

一别经年，血色萦新牖。

莫道川原浑碧透。

妖娆一树开窗右。

意自孤高心自厚。

自在园林，自在君怀袖。

一任千秋风雨骤。

诗魂总伴芳魂秀。

其三

五月凤凰花似酒。

大美无言，愿共人长久。

不趁春风抒锦绣。

泼红染碧春归后。

已惯白云常变狗。

无虑无营，我意君然否。

岁岁芸窗勤问候。

何辞小隐终林薮。

2014 年 5 月 16 日

木兰花慢·送别水明楼邱世友教授

邱先生于2014年6月7日辞世，6月10日上午在广州殡仪馆举行告别仪式。因作挽联：“春秋九秩穷通荣辱但求无愧于己；教授一生道德文章唯念有益于人。”词曰：

愿邱公鹤驾，经行处，总芬芳。
有素雅仙姝，青衿童子，献瑞呈祥。
徜徉。
古今文士，许新来故友共明堂。
细数雕龙事业，彦和知己堪当。

馨香。
道艺辉煌。
精学术，擅词章。
淡利名，最许仁怀菊趣，护佑甘棠。
无疆。
此行天国，访无庵美酒任君尝。
我辈长思懿范，年年立雪芸窗。

2014年6月9日

满庭芳

“诗词黄埔”二期开学，107位学员、18位教授风云际会，郁文堂畔凤凰树绽放新葩，如火如荼。

郁郁乎文，悠悠乎道，凤凰又绽芳华。
名黉大序，风雅事清嘉。
屈指杏坛诗老，十八子、次第横斜。
问天国、苏辛李杜，何处弄烟霞。

英才来四海，青春弹剑，小驻云车。
看此际、风摇血色诗葩。
昨夜箫鸣弦颂，为谁奏，三叠蒹葭。
鸥盟在，萍踪雁影，旧雨润新茶。

2014年8月20日下午

南乡一剪梅

“诗词黄埔”弦歌二日，秋雨绵绵暑热略消，康乐园林软红酥土芳草萋萋。杏坛莫砺锋、陈永正二夫子殷勤授业，翰林陶公文鹏大士声带已哑，握别时唯指喉挥手致意，笑容疲惫，已乘祥云北归，幸夫人怜之而谅我也。料学林美少年彭玉平教授正徘徊于倦月楼中斟酌有无之境，香江诗老黄坤尧教授亦将启驾。107位弟子潜心修业于郁文堂中，诗道彬彬，文质彬彬。

南国雨声长。

碧草红巾照海棠。

点检蛮腰千万尺，情也苍苍。

意也苍苍。

诗事可商量。

莫老风怀曲径藏。

止水先生明正误，牵我心香。

知我心香。

2014年8月21日下午

永遇乐·戏说茅台高粱

伟勇、伟建兄赠我金门高粱玉液，报之以仁怀茅台琼浆。临别之夜饮于中大小北门福雪酒家。

同姓高粱，或生赤水，或长台岛。
各酿芬芳，孰当国酒，同种难同妙。
闽南王氏，家盈风雅，世代声情愈好。
今宵与、燕云季子，清歌把酒吟啸。

圣贤事业，诗词歌赋，千古几人同调。
嗜好从心，穷通任命，醉咏乡音巧。
骅骐伯仲，穆王西迈，最喜瑶池青鸟。
为君约、秦箫宋管，轻舟短棹。

2014年8月22日子夜

注：吾与伟勇兄同年属马，生日皆在年尾，同好唐音宋调。

鹧鸪天

华东师范大学朱惠国教授，马兴荣先生之高棣也，执掌《词学》门户。今特应邀为诗校授业，来去匆匆。余因琐事竟未能接待，幸彭玉平、赵维江诸道友陪同午餐，歉怀稍释，唯向往之意难平。

沪上人来诵妙词。

师承马帐好风仪。

丽娃河畔行吟久，康乐园中解道迟。

明得失，论参差。

百年词史事纷披。

旗亭一曲樽前令，击箸长歌可待谁。

2014年8月24日上午

行香子·赠胡大雷教授

胡大雷教授是当代著名学者，治汉魏六朝文学，其《文选》研究、《文心雕龙》研究、《玉台新咏》研究、宫体诗研究等诸多成果标志着学科高度。今为诸生演讲《汉魏六朝诗如何表现自我》，实如治大国者烹小鲜也。

桂子飘香，孰与芬芳。
月华照胡氏芸窗。
精神魏晋，韵味齐梁。
论宫中体，诗中道，史中殇。

学通今古，名高中外，纳百川无欲尤刚。
推敲义理，考据辞章。
揽浙江风，珠江月，入漓江。

2014年8月25日上午

注：胡大雷教授本籍浙江。

锦帐春

2014年8月26日马大勇教授讲《网络诗词研究》，徐晋如博士讲《当代学人诗词》。二位乃当代诗词界创作与研究之少壮实力派。晚诗词吟唱会，陈永正先生特邀师兄吕君忾先生光临。潇湘杨雨伉俪恰与焉。诸生幸何如之！师生诵吟歌唱，管弦次第。又有分春馆道艺承传。

老馆分春，清陈秀吕。

正懿范宗风赓绪。

比兴间，诗道里，有圣贤寄语。

浅吟深叙。

忖度辞章，论衡今古。

问徐马怎生吩咐。

素心人，长短句。

近沚斋堂庑。

庸斋门户。

2014年8月26日晚

减字木兰花·赞超星学术视频

2009年、2014年，超星学术视频两次录制诗词学校课程，传播之功莫大焉。熊宽、小张两摄像师全程辛苦敬业，忽请为题词，因以此解相谢。

星河有限。
真理真知无界限。
超越时光。
册府伊人济一堂。

释疑解惑。
智慧人生云探索。
传道存思。
天下名师皆我师。

2014年8月28日上午

新雁过妆楼

“诗词黄埔”将近曲终，十八教授次第弦歌，远道诸公一一离去，权以此解送别。

岭表寻芳。

风雅事、谁谙律吕宫商。

马岗山水，掩映众妙微茫。

细认红楼寒柳路，黉庠孰与共三光。

理妆仪。

长亭再敬，一瓣心香。

诸公几番顾曲，许如花色貌，似火肝肠。

共植兰蕙，芰荷陆佩堪当。

今宵骊歌一曲，任汉韵唐风且绕梁。

他年约、爱酒耽诗老，再蔽甘棠。

2014 年 8 月 28 日

鹧鸪天·悼陈超

最忆当时雨打窗。

秋歌一曲动黉堂。

诗神天纵超然趣，妙笔心来五色章。

冬未至，夜方长。

新词写罢墨犹香。

桃花转世成芳雨，逐日披星迈大荒。

2014 年 11 月 2 日于北行列车上

凤归云·悼陈超

问苍天、为何急切召君回。

不管世间，多少泪如催。

风雅年华，高尚事业，举世敬文魁。

鹤驾此番潇洒，风神何日，再临燕赵诗台。

精深思绪，峻洁弦歌，仁心绣口，谈笑风生，

细数诗家事，最清奇。

回首行程，五十七载，伟业共欢悲。

立德立言高远，默然身退，纵情舒意瑶池。

2014 年 11 月 2 日于北行列车上

巫山一段云·贺女棣丁妍与陈喆博士新婚

岭表冬深处，荆花分外妍。

小楼今夜意缠绵。

千秋卷帙缘。

却问娟娟细字。

写遍如何心事。

喆人执手暖红笺。

朝云化雨眠。

2014 年 12 月

鱼游春水·贺女棣宁群娣博士于归

梅风吹碧海。

北国佳人怜至爱。

凤凰山畔，无悔渐宽衣带。

文章萧剑经年事，负笈何辞红尘外。

赢得素心，相知相爱。

曾记分携暮霭。

执手相期天五彩。

舟车一任萍踪，痴情白在。

圣诞清宵开琴瑟，潮远沙平意澎湃。

清歌为君，缓舒眉黛。

2014 年 12 月 24 日

南歌子·忆邓红梅

暨南大学中国词学国际学术研讨会，会前为吴熊和、龙建国、邓红梅三位逝者默哀。施议对教授首唱此调，谨步韵。忽忆2009年紫荆花季，与邓红梅等词学道友同赴澳门词会，施先生之约也。

岭表无冰雪，梅英每自长。
紫荆时节又飞觞。
论剑弄箫词客，聚黉堂。

却忆纷纷处，清香为底扬。
瑶台孰与共磋商。
梦里凤仪花下，细端详。

2014年12月26日

海棠春·寿张士勋校长八十华诞

平生勋业何须表。

四海客、风怀渊窈。

八秩浸书香，未许甘棠老。

素心远志萦香草。

理庠序、情牵梦绕。

也拟效留侯，大隐家山好。

2015 年 4 月

注：1. 甘棠，《诗·召南》：“蔽芾甘棠。”《毛诗序》：“《甘棠》，美召伯也。召伯之教，明于南国。”郑笺：“召伯听男女之讼，不重烦劳百姓，止舍小棠之下而听断焉，国人被其德，说其化，思其人，敬其树。”朱熹《诗集传》：“召伯循行南国，以布文王之政，或舍甘棠之下。其后人思其德，故爱其树而不忍伤也。” 2. 素心人，［晋］陶渊明《移居二首》其一：“闻多素心人，乐与数晨夕。” 3. 香草，［汉］王逸《离骚序》：

“《离骚》之文，依《诗》取兴，引类譬谕，故善写香草、以配忠贞。” 4. 庠序，《孟子·寡人之于国也》：“谨庠序之教，申之以孝悌之义。”《孟子·滕文公上》：“夏曰校，殷曰庠，周曰序。”《汉书·董仲舒传》：“立大学以教于国，设庠序以化于邑。” 5. 留侯，张良，字子房，封留侯。秦末汉初杰出谋士，与韩信、萧何并称“汉初三杰”，成不世之功而不恋权位，晚年随赤松子游。《史记·留侯世家》载刘邦语：“运筹策帷帐之中，决胜于千里之外，吾不如子房。” 6. 大隐，［晋］王康琚《反招隐诗》：“小隐隐陵薮，大隐隐朝市。”

贺新郎·送别刘扬忠大兄

痛矣吾心苦。
问苍天、遽呼何忍，玉堂工部。
从此京华凭谁解，李杜苏辛妙处。
翰林事，怎生分付。
孰共江山频执手，任长风、吹帽临洲渚。
公与我，心相顾。

海南万里初相遇。
最难忘，五指山前，深消夜语。
常与切磋辞章事，相伴春来冬去。
二三子、酒朋诗侣。
赤壁舟横风雅气，数寰中、今古何人许。
约洱海，唱金缕。

2015年5月23日

注：1. 海南初遇，1992年海南举办“辛弃疾国际学术研讨会”。 2. 约洱海，2014年12月暨南大学举办词学会议，刘公扶病与会，鸥等友人与约：明年夏季同游苍山洱海间。公欣然。

上林春令·送王荣华博士

留恋康园风雅。

广袖女、花前月下。

扬州八怪遗编，便论了、几春几夏。

芸窗立雪弦歌者。

如今是、红衣师姐。

黉堂拨穗依依，念明朝、灞桥车驾。

2015年6月11日

望远行·赠严寅春博士

人道秦川有灞桥。
严子频伤路遥。
岭南渭北乐闻韶。
不辞南浦意萧萧。

书卷事，最劬劳。
幸有深宵浊醪。
惺亭犹记诵离骚。
愿君心志自清高。

2015 年 6 月 13 日

凤孤飞·送罗婵媛博士毕业

又是凤凰花季，酒近骊歌远。
湛海渔舟唱晚。
唤女史、亲书卷。

最是家山人友善。
依前许、小楼别苑。
应有箫郎携玉管，伴君天行健。

2015 年 6 月 13 日

杏花天·送张宁博士毕业

珠江水近潇湘杳。
却无奈、王孙芳草。
身缘孔孟循师表。
心远男儿有道。

无须叹、孤鸿缥缈。
宽窄路，红衣人窈。
待君术业寰中晓。
莫忘燕门酒好。

2015年6月13日

满庭芳·苍山小院

郑板桥云："吾毕生之愿，欲筑一土墙院子，门内多栽竹树花草，清晨日尚未出，东海一片红霞，薄暮斜阳满树，立院中高处，俱见烟水平桥。"暑期与夫人隐居大理别墅，或休闲，或写作，如居仙境，得板桥意。

年少曾闻，板桥心愿，红霞小院幽篁。
不期今日，吾亦满庭芳。
洱海苍山烟雨，远酷暑、琴境清凉。
红龙井，风花雪月，执手久徜徉。

浮生如此际，诗怀文趣，好寄心香。
恍然与、苏辛李杜商量。
无奈秋风又起，频催我、料理行囊。
何时再，疏林曲径，卮酒话沧浪。

2015年8月28日

虞美人·贺游上上关山巍新婚

书香翰墨谁家事。

入眼缤纷异。

关山长路一回眸。

便醉两心相许伴君游。

痴情最是三生侣。

同道尤同趣。

且将天命好姻缘。

染作斑斓五色小窗前。

2015 年 9 月 20 日

芰荷香·诗教基金

2014年，中山大学诗教同仁动议设立“陈永正诗教基金”，得校、系各方赞许支持，陈先生俯允并鼎力成全。目前“基金”已初具规模，纳入中山大学规范管理，即将襄助中华诗教事业。谨以此词敬献沚斋左右。

振弦歌。
算从来雅士，谁最婆娑。
此间夫子，放怀三径吟哦。
清高趣味，恍然与、道艺维摩。
平生难免蹉跎。
未移素抱，未损亭柯。

浊世偏能淡然处，以诗为宗教，仁作烟萝。
萦心之事，文章教化尤多。
涓涓翰墨，便酿作、一脉江河。
濯缨濯足听荷。
风标自在，但隐山阿。

2015年9月20日

虞美人·怀念陈超

谁怜燕赵今宵月。
磊落披霜雪。
缁衣几处祭伊人。
低问瑶台可似故园亲。

人间天上暌违后。
我亦魂难守。
总凭长夜忆当年。
唯有因诗酹酒小窗前。

2015 年 10 月 31 日

于飞乐·贺张宁李炜学棣新婚

执手芸窗，十经春夏秋冬。
青春浅碧深红。
最牵情，齐鲁约，互许萍踪。
匆匆临桂，又换了、粤蕙湘枫。

负笈何辞，晨昏风雪，三生款曲由衷。
远红尘，亲卷帙，乐自融融。
弦歌伴侣，于飞处、其羽从容。

2015年11月26日

风入松·贺彭敏哲欧阳逸风学棣新婚

天风吹雪趁梅芳。

笛里潇湘。

飞鸿数遍翩翩影，问谁能、相与成行。

道是多情此地，青山碧水徜徉。

清吟珠水爱词章。

允寄心香。

岭南岭北同闻道，但携手、甘苦何妨。

况有灵犀伴酒，闲来小醉幽篁。

2015 年 11 月 26 日

意难忘·敬寿曾宪通教授八十华诞

细数心香。
出潮安负笈，便与容商。
春秋知简帛，文字认潇湘。
情与志，寄芸窗。
道艺耀黉堂。
振弦歌、春风八秩，未老芬芳。

几番点铁成钢。
任心萦兰蕙，意系甘棠。
拈花虽不语，悟者自难忘。
常立雪，望门墙。
此际敬持觞。
为公寿，孔颜乐处，水远天长。

2015年12月27日

注：曾宪通（1935— ），广东潮安人。师从容庚、商承祚先生治汉语文字学，专攻战国秦汉文字，著有《楚地出土文献三种研究》等。鸥1997年从复旦大学向中山大学中文系求职，曾先生时任系主任。

蝶恋花·大理观樱

数遍樱林千万树。
此地芳华，绰约堪相许。
洱海苍山神韵古。
素心宜作如园主。

携手春风怜落絮。
零乱无情，最是清明雨。
碧水漂红何处去？
樱魂好与诗魂驻。

2016年3月

新荷叶·贺誉高槐吴仍来新婚

苏子三迁，经梧过湛居儋。
国士飘零，却遗文脉天南。
灵犀一点，便悟了、素女嘉男。
许心如海，任凭万里云岚。

格物求知，也曾折桂为簪。
良夜清风，林中纤手分柑。
相期相许，小窗下，酩酊清谈。
凭君托付，今生情远天蓝。

2016 年 7 月 31 日

蓦山溪·贺黑白何石棣新婚

女娲炼石，为补天西北。

却遗珮幽燕，伴霜雪、玉颜关塞。

年年惯看，双雁趁青云，许山盟，明海誓，

　依约鲛人泣。

纷纷珠泪，海阔浑无迹。

照月色千年，终化作、丹心成碧。

真情相与，天地证良缘，从此后，趁长风，

　一世双飞翼。

2016年7月31日

上林春令·赠晓宁并诸同窗

燕赵风清云秀。
许我等、狂歌斗酒。
难留岁月匆匆，便过了，事前事后。

几番别浦萦回久。
最珍重、重逢时候。
今宵更乐村前，又相约、早春烟柳。

2016 年 10 月 6 日

南歌子·忆邓红梅

2016年初秋河北大学词学研讨会步濠上词隐韵。

山远秋声近，情伤淑气遥。

词心若许入重霄。

愿寄清歌一曲、助琴操。

长忆梅边雪，羞颜笑沈腰。

几番品茗论天骄。

试问今宵孰与、共兰桡。

2016年8月27日

海棠春·贺王少杰新婚

莫叹琴瑟知音少。
真情重、便亲窈窕。
知命亦随缘，路远天难老。

月明河畔青青草。
最相得、云萦雨绕。
自在复优游，执手家山好。

2016年10月6日

减字木兰花·文史馆修谱志

广东文史馆聚时贤历时四年修成《广东省民间艺术志》和《广东省民间艺术传承人志》，文献存传功德无量。

民间百艺。

岭表春秋夸绮丽。

火续薪传。

谁为图书汇一编。

担当道义。

馆阁求贤修谱志。

两志煌煌。

广府文明意脉长。

2017年1月12日

减字木兰花·南非游五首

申酉之交游南非，2017 年 1 月 26 日从广州西飞经多哈转机向南，单程一万二千多公里；27 日至开普敦；28 日游好望角；29 日登臬山、信号山，30 日北飞至约翰内斯堡，游南非行政首都比勒陀利亚市，观南非总统府，府前有曼德拉铜像；31 日游比林斯堡野生动物世界。2 月 1 日返回。

好望角

天涯守望。
一角罡风千古浪。
帆影幢幢。
世事长如两大洋。

浮沉谁主。
谁享甘怡谁历苦。
夜夜灯光。
总为船人照远航。

桌山

桌山万古。

道是神工舒鬼斧。

悲悯为怀。

天地施恩布此台。

流云如带。

几树红桑纷碧海。

远客初临。

澹荡风开澹荡心。

比林斯堡动物世界

洪荒野趣。

岂辨天堂和地狱。

命自依违。

未必强欢弱便悲。

庄生善解。
笑看扁舟同一芥。
兽国兴亡。
可有萌羚作大王。

南非总统府

殖民略地。
斯世何时王道已。
二十余年。
牢狱开时总统还。

兴亡莫问。
国事图强民是本。
天海茫茫。
功过千秋待忖量。

赠导游

导游宋怡女士少年自沪迁此侨居二十余年矣。

唐风宋雨。

回首乡关成驿旅。

寻梦南天。

谁解深宵明月圆。

情牵约堡。

七彩青春多静好。

兰蕙芸窗。

岁岁怡人自在香。

2017年1月26日—2017年2月2日

西江月·赠弘鼎段志强

闻道苌弘化碧，丹心许与江山。
灵风瑞雨润芳鹃。
岁岁川原红遍。

自古忠良志士，襟怀载毅载坚。
精诚铸鼎立云天。
任尔为犁为剑。

2017年2月17日

注：段志强乃弘鼎文化发展有限公司总裁，爱好中华传统文化。余作此调并《弘鼎名说》云：

子曰：士不可以不弘毅，任重而道远。弘者广大雄阔也；毅者坚韧果敢也。至于鼎，国之重器，尊贵庄严稳固持久之象。自古志士仁人，或问鼎于江山社稷，挥戈逐鹿；或潜心于文采翰墨，落笔成章。弘鼎之谓，庶几如是也。

水龙吟·赠刘国玉先生

丁酉春二月与沁庐衡之先生率中大岭南诗词研习社诸生访翁山诗书画院，赏桃李花开花落，与刘国玉先生、刘释之先生雅集叙饮甚乐。

久闻桃李翁源，落英总在霜华后。
春风骀荡，新枝绽放，川原盈秀。
更有弦歌，悲欢离合，倚声新旧。
算人间情事，如烟如梦，谁才是、丹霞友。

去岁花期持酒。
聚康园、咏青青柳。
诗坛此夜，英才雅士，再舒身手。
绛帐清芬，桃花将绽，李花方瘦。
向春山远处，红情粉意，都致与、君怀袖。

2017年3月19日

一剪梅·贵阳樱花

不羡梅花不慕桃。
非冰非雪，别样妖娆。
弥天略地自年年，伴得春来，送得春遥。

顾影无言自在高。
树树芳华，玉立层霄。
诗魂总为此魂销。
开也滔滔，落也滔滔。

2017 年 4 月 3 日

贺新郎·中华诗教学会

华夏弦歌地。

五千年、几番顺逆，几番兴替。

源自南风卿云曲，唱遍江头江尾。

风雅颂、千秋弥止。

楚士湘君苏子志，路漫漫、忧国忧民意。

千载下，诗魂懿。

而今谁复烟霞气。

向寰中、道艺相存，刚柔相济。

铁马金戈斜阳外，也唱美人清泪。

觅知己、诗家风义。

俗世栖居耽好句，磊落间、平仄皆滋味。

长短句，咱家事。

2017 年 6 月 20 日

采桑子·致吴承学教授

承公在诗校一期和二期都是开讲教授，三期筹备一直操心参与，但诗校开学时，已在美国。他一期讲稿《“诗能穷人”与“诗能达人”——中国古代对于诗人的集体认同》后来发表在《中国社会科学》，荣获教育部二等奖。二期讲稿《诗词的江湖》新人耳目。

江山气韵荣庠序，文缦卿云。

体据梁津。

管领风标道艺人。

竹边水畔榕阴下，色貌如茵。

意蕴常新。

也放情怀也任真。

2017年7月

注：承学生在韩江，治学在珠江、黄浦江、长江。论文《江山之助》高远学林，曾获《文学评论》重大清高之奖。

采桑子·致彭玉平教授

长江学者彭玉平教授以系主任允兼诗校校长，开学典礼致辞《唯恐夜深诗睡去》云云，精解自恋与自爱之异同，湿润美丽如江南烟雨。原本拟讲《文学经典与有我之境》，临场改为《政治、病痛与文学——以欧阳修为中心》，妙语连珠，极高明而入深微，颇得往古仁人雅士之神韵。

风云际会重论道，文脉诗魂。

别样清真。

总是神倾境界人。

灯前唯恐诗心睡，黾勉耕耘。

素抱殷勤。

片片心温暖课温。

2017年7月

采桑子·致程章灿教授伉俪

长江学者程章灿教授充任中华诗教学会副会长多年，助力强劲。今携夫人成教授莅临，康乐园若有箫声凤影，玉润风清。7月10日下午授业《“半”字的诗学与美学》。

差池其羽徘徊久，缘在红尘。
趣在青云。
执手天涯顾影人。

程门立雪千年后，意自纷纭。
气自清新。
一半门开一半春。

2017年7月

采桑子·致王伟勇教授

诗校三期，台湾成功大学王伟勇教授皆跨海授业。此次7月11日、12日上午连续授业《依字声行腔——谈诗词的声情之美》，中文堂弦歌馥郁杏坛如春。12日课后匆匆返台矣。

黉堂又唱江南曲，风雨天津。
岁月无痕。
原是鲲鹏跨海人。

谁将鹿港乡关调，一唱牵魂。
再唱思亲。
两岸弦歌最爱君。

2017年7月

采桑子·致周裕锴教授

周裕锴教授充任中华诗教学会副会长多年，惠启良多。今来布道，7 月 10 日自蓉城飞抵羊城，11 日下午授业《六言绝句的绘画美和建筑美》，课前课后对客挥毫佳作迭出，席间怡然回忆青春往事，闻者动容。

锦江春色来天地，道自精纯。
艺自传神。
马帐金针度与人。

亲持六字真如意，照镜无尘。
照水无痕。
信是岷峨老慧根。

2017 年 7 月

采桑子·致伍巍教授

暨南大学伍巍教授乃音韵学权威、方言学大家，诗词中人，性情中人。7月12日下午授业《平水韵韵部分析》，从声韵理论到创作应用，允精允微，启人良多。

方言精湛尤知韵，细辨侵真。

指点迷津。

不许深心染俗尘。

常凭贤圣轻天下，高贵其神。

典雅其文。

不与轻浮苟且人。

2017年7月

采桑子·致王兆鹏教授

兆鹏教授一代名学者，少年惊艳学林，中年领袖词学，为人宽仁大度，肝肠似火；为文锦心绣口，色貌如花。二十五年前吾与鹏兄在三亚海滨一见倾心，之后同登武当，共探神农，蒙古草原，贺兰山麓，江南烟雨，戈壁风云，一遇一销魂。今共襄诗教，黾勉同心。知此刻鹏兄正从京城飞来，携燕赵气韵湖湘风流，将临康乐园矣。

与君章句经年久，友谊弥亲。

学谊弥珍。

允乐消忧最允仁。

回眸四海为家日，大海之滨。

碧草之茵。

可照肝肠能几人。

2017 年 7 月

采桑子·致陈永正教授

陈先生素衣玉立白发童颜，授业《独抱诗心》。

何人盛夏披霜雪，独抱诗心。
独秀儒林。
未许荣华烟火侵。

会通今古横斜字，缓步高岑。
磊落胸襟。
一树甘棠岁岁阴。

2017 年 7 月

采桑子·致施议对教授

红羊劫后，吴门四士乃百里挑一，是“文革”后第一代词学研究生。后皆名高学术，誉满诗坛。唯四万斋主匆匆西去矣。今中华诗词学会方三十年，议对先生乃当时实操创办之人，可知其资深学富如是也。充任中华诗教学会副会长，秉持以诗育人之高义。

当年曾是京华士，风雅成真。
学问通神。
古怪精灵晋宋人。

如今执教濠江畔，道已无垠。
艺也无垠。
疑是千秋老凤麟。

2017年7月

采桑子·致钱志熙教授

长江学者钱志熙教授亦中华诗教学会副会长，精研中古唐宋文学，博古通今，境界孤高。余事作诗，真诗人也。

燕园此际谁风雅？

王谢乡人。

魏晋玄人。

义理辞章孰与伦？

慧心敏辨言如讷，清澈真纯。

怀素怀仁。

妆镜菩提与日新。

2017年7月

采桑子·致熊东遨馆员

遨公乃湖南文史馆馆员，一代诗枭，独占小梅窗长居岭表，诗帐长开，尤精诗艺，《诗词医案》与日常新，诗校三期皆为导师，启惠良多。

拥梅忆雪芸窗下，小院无尘。
月影诗魂。
平仄枭雄风雅门。

君持诗界三千水，点滴清新。
无限温存。
点染人间无数春。

2017 年 7 月

采桑子·致周燕婷

诗校三期拟邀燕婷授课，令诸生一睹当代易安风采。惜未果。

梅窗月影清吟处，也许花神。
也许词神。
最许婷婷烟火人。

常将锦绣飞天手，也织青春。
也织三春。
意绪浑成岁月新。

2017年7月

采桑子·致钟振振教授

钟教授名振学林誉满诗坛，诗行四海学播五洲，亦中华诗教学会副会长。尝于大洋彼岸撩拨客子乡愁云：“海外捐红豆，镶钟十二时。心针巡日夜，无刻不相思。”温情暖意巧思妙语，必成千古名作。

曾经海外歌红豆，缓动心针。
湿却衣襟。
长慰天涯客里心。

又携秀句来江表，振铎坛砧。
琢玉雕金。
诗道精良三昧深。

2017年7月

采桑子・致胡晓明教授

华东师范大学终身教授胡晓明先生通融古今中外文史哲学，冷眼世事，亦中华诗教学会副会长。常常飞翔于天南海北，每于蓝天白云之上哲思高远情怀馥郁便成诗篇。日常尤喜携冰雪弟子或风雨夫人缓步黄浦江头西子湖畔，诗亦每成于清茶淡酒举足轻重之间。

山间水畔徘徊久，也纵思深。
也任情深。
照海红桑解舜暗。

宽衣大袖如襟抱，浊世清音。
荒漠甘霖。
揖手听君细抚琴。

2017 年 7 月

采桑子·赠徐晋如

从来道艺双馨者，可入青云。
可近芳邻。
大爱何辞茹苦辛。

君从诗教弘儒教，才自超群。
志亦殷勤。
当效扶风绛帐人。

2017 年 7 月

采桑子·赠朱立侠

当年相与春衣后，君学专新。
我事纷纭。
每有佳音乐与闻。

今番执教殊惊喜，刮目频频。
欣慰频频。
助理弦歌屡建勋。

2017 年 7 月

采桑子·赠陈伟

忽然陈子东离去，惆怅榕阴。
落寞高岑。
恨不相留岁月深。

韩山韩水清嘉处，渺远其心。
宏伟其音。
春雨秋诗孰与吟。

2017年7月

采桑子·赠林宏达

素书堂里同吟唱，梁隐天人。
风雅传人。
礼乐诗书悟道真。

今番渡海携风雨，族本同根。
诗本同魂。
吟破冰霜且待春。

2017 年 7 月

采桑子·赠黑白

瑶台仙子芬芳处，不避凡尘。
不染红尘。
照水芙蓉玉色春。

情怀不惯铅华事，山与之仁。
水与之身。
原是芸窗鼓瑟人。

2017 年 7 月

采桑子·赠刘梓楠

青葱一鹤惊天下，梓韵如粼。

楠韵如茵。

也毓诗词也毓文。

每叹回也霜怀暖，文质彬彬。

问道梁津。

不近姚黄魏紫人。

2017 年 7 月

采桑子·结业典礼并共勉

“诗词黄埔”举办于2009年、2014年、2017年，已三期矣。校训“高贵典雅”，校歌《长干行》寓意相逢与远方之可能。

黉堂三度弦歌事，典雅芳芬。
高贵氤氲。
都似扶风澹荡人。

相逢借问方行远，诗许清真。
文许璘珣。
伴得华年锦瑟温。

2017年7月

八声甘州·鸥鹭忘机

问沙鸥水外久徘徊，差池待何人?

愿天人之际，君诚如我，我信如君。

不论冰寒雨苦，相忘亦相亲。

总与机心远，日月为邻。

林下云中故事，岂无关世事，无涉红尘。

但霜怀素抱，相与贵真纯。

任江湖、白云苍狗，纵扁舟、自在自由身。

堪相慰，海桑深处，　脉诗魂。

2017年9月15日

行香子·贺马瑞崔婉霞喜结连理

远梦成真，不论乡关。
三洲四海一生缘。
水深霞婉，天许相怜。
以爱为心，仁为本，孝为先。

相知相敬，情真意永，但任精诚最怡然。
从今执手，风雨同船。
伴川成海，石成玉，碧成丹。

2017 年 9 月 23 日

注：友人崔建社胞妹崔婉霞居澳洲，与洋人马瑞恋爱结婚。

行香子·两岸中山大学学术研讨会

论道康园，煮酒柴山。
是人间嘉会清欢。
也谈今古，也话前贤。
顾校同名，文同脉，水同源。

新知旧雨，长存敬畏，算百年几曲堪弹。
先生去后，世事如烟。
但苍生意、家国计，富为先。

2017 年 10 月 24 日

渡江云・红豆

何人持此物，江南江北，种遍许多愁。
遂教痴情者，守碧成丹，性命拚相酬。
相知相悦，常难免、远致频投。
更愿与、推心置腹，秋水一回眸。

优游。
相濡以沫，未若相忘，任江湖游走。
最难能、天涯海角，无束无留。
两情若在情深处，信天然、便是良俦。
随手植、冰心雪意春秋。

2017 年 10 月 26 日

望海潮·赠菲律宾友人

天开河汉，疆分南北，一衣带水芳邻。
仁爱友邦，中华吕宋，会通经济人文。
渔火慰风尘。
夜雨相逢处，倍觉情亲。
远海重洋，说来常是故乡人。

风清酒美民淳。
有万千岛屿，富庶城滨。
深港巨轮，平沙古道，椰林况味清新。
雅士伴红巾。
快意苏丹鼓，装点风云。
笑语纷纭来客，一一数家珍。

2018年2月8日

献天寿·敬贺吴国钦教授八十华诞

峻骨清怀霜雪姿。
益友良师。
独行高蹈好风期。
平淡亦渊奇。

逊谦仁义真儒者，历落嵚崎。
康园舄履步春泥。
也如画，也如诗。

2018年3月5日

紫玉箫·贺女棣罗婵媛与陈铭君喜结良缘

箫玉情怀，诗书经历，说来原是芳邻。

平生最爱，湛水萦新月，天地无尘。

既往心志，都付与、负笈青春。

终相许，依依此生，在水之滨。

今宵细忖缘分，应也在康园，也在徐闻。

文章地理，遍人间、都要绿草如茵。

自今之后，长执手、岂惧艰辛。

椰林下，茶淡酒浓，味久弥新。

2018 年 3 月 13 日

浪淘沙令·天明棣失眠

凌晨苦蚊。微信有凌天明失眠贴。天明从我读博，近作论文考证“苏轼《浣溪沙》五首墨迹”。藏家称乃东坡手书真迹，天明考之，非也，或为明人吴宽习苏之贴。吴并未伪托苏公，然有好事者做伪，朱祖谋、龙榆生注苏词时存疑，台湾曹树铭则谬以为苏书真迹，其后注苏词者皆从曹说，以讹传讹矣。

夜色正阑珊。
何又无眠。
岭南春末暖犹寒。
展卷原来多困惑，欲辨尤难。

苏子兴悠然。
笑说田园。
溪沙五浣愈娟娟。
墨迹能新千古事，非梦非烟。

2018年4月20日

月上海棠·贺唐可林玉洁二博士新婚

姻缘信是灵犀事。

允芳华、相许是知己。

彩云之南，饮滇池、岂辞一醉。

无须问、冷暖如何四季。

倾觞始自芸窗意。

马岗风、吹绉小池水。

玉洁冰清，最心仪、唐风君子。

可人处、偕老今生足矣。

2018年7月28日

虞美人·寿崔府太君百岁华诞

缤纷祥瑞啁啾鸟。
何事萦昏晓。
原来崔府寿萱慈。
道骨佛心百岁好风仪。

同堂五世人丁旺。
福祉皆天贶。
玉颜嘉士慰高堂。
郡望族昌元气在书香。

2018年9月8日于香港帝都酒店

注：同窗崔福建兄高堂慈母百岁，出书香世家，素以诚信事佛处世。藁城崔氏日益昌盛，老太君居功至伟。

行香子·贺古代文论学会成立四十年

燕赵风烟，今古林泉。

正金秋又会时贤。

辨章学术，考镜渊源。

论文之美，诗之妙，道之玄。

浦江水阔，滹沱河秀，有情风总壮波澜。

也通天地，也助江山。

愿人同心，事同理，趣同然。

2018 年 10 月 14 日

临江仙·雪日寄远

又见西园梅弄影，从来色貌如冰。
一开一落总关情。
许身平仄处，高义自丁丁。

道是霜华堪付与，经年随遇随停。
常将诗酒叙中庭。
春秋风雅事，意重粉痕轻。

2018 年 12 月 3 日

落梅·追思邓乔彬教授

自公乘鹤，匆匆又是，芳菲渐消还止。

离离沪上，有歌无泪，看天飘鸢纸。

一代词章，五车学术，千秋青史。

素书斋里会心人，辞章义理，原是自家事。

生性疏离庸鄙。

问红尘、孰为知己。

木兰一曲，杨花一阕，但唯心唯美。

黄浦清流，岭南丹桂，满园芳芷。

信公长驾浩天云，江山风月逍遥子。

2019年1月26日

虞美人·悼刘小宁三首

其一

当年无数青葱事。

此际成清泪。

紫鹃声里唱红楼。

道是人生长恨水长流。

芸窗四载分携后。

树老情方久。

与君倾盖更倾心。

无奈天人暌隔竟从今。

其二

与君曾论生和死。

总是寻常理。

如今涕泪满缁衣。

执酒天南何处酹风仪。

音容晏晏如平日。

玉树当庭立。

笑谈天下意从容。

悟得浮生万事有无中。

其三

疏狂倜傥如君少。
最是情怀好。
为人高义薄云天。
仁爱由衷黠慧是天然。

天公未许人间寿。
命驾清明后。
愿君天国好芳菲。
时与陈超论道也论诗。

2019 年 4 月 23 日

注：刘小宁，邯郸人，河北师范大学中文系 1977 级。与吾同窗四载。因病辞世。

扬州慢·湖山佳胜

闻道扬州，湖山最好，妖娆天下三分。
惹诗家相继，竞辞采缤纷。
有多少、佳人才子，王侯将相，到此销魂。
最惊心、时来兵燹，悲恨频频。

千秋青史，也难存、人世艰辛。
但曲水碑廊，长堤春柳，依旧殷殷。
总是月明湖瘦，清幽处、故事常新。
问歌行男女，携来可是良辰。

2019 年 4 月 26 日

扬州慢 · 东壁流辉

地属天宁，阁称文汇，庋藏四库全书。
令弦歌学子，羡文在三吴。
数不尽、维扬人物，风流渊雅，志士名儒。
最堪称、古往今来，才艺通衢。

煌煌册府，却难逃、邪教狂愚。
叹水火无情，红巾万恶，罄竹难书。
幸有良知文脉，恒赓续、未许荒芜。
正文星高照，甘棠长荫西湖。

2019 年 4 月 26 日

扬州慢·文章太守

远客西来，平山堂下，抠衣再拜前贤。

看欧公植柳，正拂水飘绵。

羡苏子、清歌三过，尊师悟道，弹指参禅。

把人间、苦乐悲欢，微笑超然。

桥边红药，历沧桑、依旧年年。

问豆蔻花前，春江月下，谁赋新篇。

梦幻扬州神韵，从今又、水远帆悬。

信名都淮左，最宜风雅承传。

2019年4月26日

意难忘·家慈去世十年

长忆容颜。
最是春归后，此夜难眠。
叮咛犹在耳，往事岂如烟。
游子意、顾无言。
向月下灯前。
总记得、儿时家计，维俭维艰。

含辛茹苦谁怜。
幸书香作育，仁义相传。
慈恩深似水，家教郁如兰。
今古愿、几千般。
何梦最难圆？
子欲养、天年未许，怅触徒然。

2019 年 5 月 8 日

貂裘换酒·珠海学院诗学研讨会间听诸公吟唱

学海浑无岸。

弄弦歌、槎浮南北，心驰河汉。

闻道香江清吟者，最是五车书满。

寄情志、名庠翰苑。

义理辞章风雅颂，秉素心、道艺都寻遍。

薪火续，焉能断。

天涯海角飘零惯。

冷眼看、红尘故事，沧桑变换。

今日听君歌行处，气韵渊深玄远。

说今古、悠扬宛转。

无限悲欢离合意，任纷飞、雨雪随风卷。

长短句，皆经典。

2019 年 7 月

乳燕飞·咏茅台

赤水多佳酿。
好高粱、凭山凭水，精华天贶。
千载香飘陶唐后，独步允醇允酱。
青眼对、布衣卿相。
最是江山风月客，纵歌吟、天地皆清爽。
肝胆照，胸襟畅。

五湖四海遥相望。
算人间、几多悲欢，几多惆怅。
相得相知茅台下，体健心怡神旷。
醉中有、圣贤气象。
不负古今家与国，笑谈中、气若山河壮。
淑志趣，功无量。

2019 年 7 月

风敲竹·女儿香

一品沉香久。

漫梁间、竹窗内外、飘然盈袖。

多少深情痴儿女，颠倒神魂先后。

阅尽了、绿肥红瘦。

燃遍心中无限事，却难消、萦绕浑如旧。

明月夜，风吹牖。

年来已惯听更漏。

点滴间、心期无数，却难厮守。

南浦扁舟人来往，又见几番折柳。

也曾想、梦中执手。

与子敬持心香拜，愿今生、相伴如星斗。

袅袅处，同卮酒。

2019 年 7 月

满庭芳·苍山小院

雾隐苍山，云舒洱海，风吹小院幽篁。
与君执手，草木自芬芳。
闻道人间天上，凉与热、但系行藏。
向仙境，彩云高处，河汉正沧浪。

流年思往事，相携初到，大理徜徉。
便醉了，风花雪月星光。
托付半生心事，许此地、常话衷肠。
红尘远，溪声相伴，诗酒共文章。

2019年7月31日

醉翁操

清晨寅春命词，乃成此解。东坡此调韵密而平，颇费斟酌。不知鹏飞等琴士可奏否？

云闲。

星阑。

无眠。

海山间。

凭栏。

心中事奈何漫漫。

一时思绪难安。

展素笺。

下笔却纷繁。

为谁陈殷殷万千。

未知此际，飘渺诸贤。

伴星伴月，多少长篇短篇。

翼可期而翩翩。

梓可期而繁繁。

蓬莱天地宽。

芸窗长挥弦。

曲曲慰苍颜。

悦人兰蕙清且娟。

2019年8月13日

八声甘州·女儿香

合三山风雨五湖烟，香远越千年。
共春来冬去，日暄月暖，长慰容颜。
生性幽幽淡淡，无语伴悲欢。
缕缕萦怀事，镜下灯前。

道是女儿香好，向深红浅碧，绣幕华轩。
说经年故事，扇底意翩跹。
素心人，允浓允淡，对纷繁、彻悟便心安。
凭栏处，神清气爽，地迥天宽。

2019 年 9 月 7 日

一剪梅

同窗诗友赵建军主《太行诗苑》事，邀余顾问，并命诗。敢不献芹。

诗苑弦歌美太行。
今古情怀，四海辞章。
兴观群怨感人心，燕赵芳华，似火肝肠。

游子天涯寄瓣香。
一剪新词，语短情长。
人间风雅本无疆。
山自巍巍，水自泱泱。

2019 年 9 月 10 日

一剪梅·茅台

君住丹霞赤水头。

有趣有情，无虑无忧。

一颦一笑一回眸，千种芬芳，万种风流。

善解人间今古愁。

深意徐徐，远韵悠悠。

希贤希圣乐天人，道得仁怀，夫复何求。

2019 年 9 月 11 日

意难忘·贺允葭简之喜结良缘

学棣徐爽，字允葭，从余读硕士，之后从詹福瑞教授读博，毕业后在北京任职公务员。张博，字简之，今与允葭成婚。

相遇京华。

问前生今世，孰与清嘉。

幽燕山水阔，执手醉流霞。

亲翰墨、乐桑麻。

其羽趁平沙。

最心仪、芝兰玉树，清淡人家。

今宵星斗横斜。

有金风箫鼓，玉露鸣笳。

灵犀相许处，四海可浮槎。

行尚简，道求赊。

诗酒共年华。

正芬芳、允丰允约，爽气明葭。

2019 年 10 月 26 日

高山流水·寿张强兄甲子华诞

素心雅志爱清流。

好情怀、谁与相俦。

红雨润家园，怡然兴趣悠悠。

公家事、岂可无休。

心安处、超脱穷通系累，澹荡春秋。

算浮生若寄，可许几登楼。

何求。

从容论今古，书卷后、栽酒盟鸥。

时与约纹枰，一盏快意曹刘。

远红尘、啸傲王侯。

忘情处，诗酒笙歌起舞，气韵优游。

更南山事，二三子、弄扁舟。

2019 年 11 月

蝶恋花·戏说

有眷侣曰诗曰远方者。远方数游海外不归，诗苦之久，念每如焚。某晨起暴走，过远方舍，忽悟焚字之妙。会其邻失火小燃，乃以手机摄火势置于微信端，挑其归心也。

一缕幽情抛却久。
冬去春来，惆怅还依旧。
日日楼前楼后柳。
丝丝看得朱颜瘦。

梦里依稀频醉酒。
无奈新愁，似火焚君牖。
为问廊桥新冠后。
故园风老君知否。

2020 年 3 月 27 日

烛影摇红·清明

生死暌违，古今多少悲伤意。

梨花季节又清明，寰宇皆哀思。

灾难时来时易。

叹人生、匆匆若寄。

亲人朋友，好自珍惜，三餐滋味。

2020 年 4 月 4 日

高山流水·赠符兄小文

酱香趣味最怡人。
算从来、肝胆相存。
卮酒话平生，由来绿旧红新。
雷州子、笑看风云。
曾经处、多少悲欢顺逆，快慰艰辛。
历春秋六秩，喜乐更由真。

传神。
年来又倾盖，诗与酒、智慧缤纷。
风雅佐醇醪，一盏惬意频频。
问渊明、是否相闻。
落英里，携手南山远道，孰与殷勤。
信盟鸥事，也知己、也知君。

2020 年 6 月 25 日

鹧鸪天·永别大哥

梦里依稀语尚温。

黑山新月照新坟。

同根棠棣兄恩久，一脉情怀弟泪频。

从今后，隔天人。

燕云不复共艰辛。

愿君听我常倾诉，也报寒冬也报春。

2020年7月6日

虞美人·陈超辞世六周年

与君睽隔天人后。

又绾秋深柳。

举头星汉色青苍。

长忆清歌淡酒论文章。

如今道艺沉沦久。

谁是擎旗手。

愿君天国约诸贤。

再纵诗心诗趣返人寰。

2020 年 10 月 31 日

金明池·退休

每思陈寅恪《寒柳堂集》《金明馆丛稿》之名称由来，因读柳如是词《金明池·咏寒柳》，忽忆康园池边柳下，余亦曾有叹柳篇什。执教中山大学匆匆二十三年，兹退休矣。

有道长榕，无端弱柳，在在康园朝暮。
匆匆又、离觞别绪，弦歌一曲斜阳路。
算曾经、拼却风怀，书卷事、未觉辛酸辛苦。
植数品幽兰，半畦嘉蕙，好寄千秋情愫。

也任疏狂林下舞。
远魏紫姚黄，高门朱户。
唯斟酌、纵横文笔，细思忖、人间今古。
也曾遭、冷雾阴霾，幸久惯孤鸿，因风容与。
只淡泊相期，清纯相伴，乐得神安心素。

2020年11月3日

贺新凉·咏广软校园丝木棉花兼送焦幸安教授赴枫叶之国

广软矜嘉卉。
总年年、如期绽放，芬芳滋味。
相伴流溪清冷水，守得心高气贵。
染风月、钟情惬意。
数遍千秋红粉色，最难能、冬至才花季。
谢旧雨，舒新岁。

莫叹岁末无桃李。
问草木、何时避得，荣枯彼此。
惆怅弦歌深浓处，忽向天涯客里。
独斟酌、冰心雪意。
南美花来君却去，汉唐餐、换了西洋米。
方执手，便分袂。

2020 年 12 月 4 日

解佩令·赠别黑白学棣

黑白在中山大学本硕博皆从我习诗治学，今获博士学位，将执教贵州师范大学矣。

芬芳庠序，清凉山水。

正待得、君来向此。

十里花溪，寸寸是、画情诗意。

最堪期、春秋兰蕙。

文章事业，杏坛岁月，又倾心、弦歌弥止。

书卷生涯，总难免、晨兴夜寐。

乐其中、日常滋味。

2020 年 12 月 24 日

解佩令·赠别邹阳学棣

贵州布依族邹阳，自西北大学考入中山大学，从我习诗治学，今获博士学位，将执教贵州民族大学矣。

情怀家国，意趣今古。

好男儿、扶摇鹏举。

渭北天南，回眸处、如风如露。

总书香、盈盈朝暮。

如今揖手，春晖父老，谢宽容、一腔诚愫。

报效乡邦，又何辞、怀辛怀素。

但相期、亦徵亦羽。

2020 年 12 月 24 日

凤箫吟·冬荷

问何时，谦谦而立，长幽长静池塘。

今宵人寂寂，无言辞旧岁，立苍茫。

繁华曾过眼，算难留、最是时光。

逢夏季、摇红染碧，照水芬芳。

清扬。

亭亭枝叶秀，婉如间、任尔炎凉。

水亲云眷顾，怡然泥淖外，总是初妆。

冷风寒雪里，便做了、冰玉文章。

岁月久、荣枯次第，不改心香。

2021 年 2 月 7 日

貂裘换酒·庚子反思

多少悲伤意。
又春寒、蓦然回首、经年生死。
无奈人间传新疫，善恶是非泾渭。
封城事、魂惊难已。
医道无疆存大爱，哨声凄、浸彻英雄泪。
盈汉水，书青史。

何来此患危人类。
宇宙间、并非物种，难容彼此。
濠上人鲦知同乐，冰火同天同地。
但应有、真诚敬畏。
共克时艰知惩戒，与山川、风月长相倚。
视万物，如唇齿。

2021 年 2 月 7 日

鹧鸪天·内子画意

春分日内子作画，并向网友征名，有建议繁花梦语海之韵云云。恰邀六善堂伉俪来寒舍饮茅台，属意此画，内子欣然许之，有知音见赏之乐。

昨夜繁花入梦频。

匆匆春立又春分。

无言草木芳华远，有韵弦歌意趣真。

山作美，水为魂。

人间何处不纷纭。

唯君一顾留青眼，便似春风又到门。

2021年3月20日

鹧鸪天·题锴公蝶园图

周裕锴微信发自家蝶园蛱蝶图片，并曰：梦蝶园其实应该把“梦”字去掉，每日里粉蝶、蛱蝶纷纷光顾，白蝴蝶、黑蝴蝶、蓝蝴蝶、紫蝴蝶、绿蝴蝶不一而足。今天总算被我抓拍到一张，放大后像一幅工笔蛱蝶图。

从来蝶梦最纷纭。

谁凭栩栩出红尘。

峨眉锦里轻盈翼，都爱君家三昧真。

书卷后，弄清芬。

春秋冬夏总宜人。

园中道艺通今古，树蕙滋兰寸寸殷。

2021年3月25日清晨

雨中花慢·记梦

凌晨慈父入梦，若即若离。醒后惆怅，忽悟清明将至矣。念大哥去年端午节后辞世，或与双亲常晤于天堂。

天上人间睽隔，问慰频频，又是清明。
大疫肆行寰内，处处悲情。
花落碑前，新坟老酒，逝者安宁。
看杏影烂漫，新添碧草，郁郁方生。

今晨忽梦，家严来顾，步履似重还轻。
疑告我、汝兄安好，正享清平。
长忆童年世事，艰难困苦同行。
自君辞后，少年心事，说与谁听。

2021 年 4 月 3 日

望海潮·初心

内子画意令人浮想联翩。念天地万物莫不有初，其后或失或存，或周而复始，或全然莫复。日月经行间，人类之爱恨情仇美丑善恶，亦如江河湖海山川草木之变与不变者乎？

云蒸霞蔚，谁开此境，莫非远古缥玄。

山远水长，谁从此后，心由湛湛之船。

一日一风烟。

扣舷饮甘苦，寻梦年年。

仰望沧溟，遥听云外有啼鹃。

当时初识君颜。

有春风拂柳，细雨滋兰。

谈古论今，评章世事，青春如许斑斓。

梦醒又凭栏。

诗酒年华老，随意林泉。

幸有初心依旧，如水亦如山。

2021年4月8日

行香子·芳邻爱犬

刘尚礼教授乃一代名医，享誉中外。擅诗词创作五十余年矣。其夫人谢家女史，美姿容，亦文亦商，诚挚亲善。吾与比邻，窗同江景。其爱犬sweet常随左右。内子画其像以赠，笔墨丹青，纤毫款曲，有雅人深致。

其性依依，其语汪汪。

问古今谁许忠良。

平居尚义，偶尔嚣张。

但亲无间，诚无伪，勇无藏。

情怀相处，诗词相阅，幸比邻总享芬芳。

时来把酒，笑论沧桑。

看水同窗，鸟同树，月同江。

2021年4月28日

潇湘夜雨

内子画写清幽境界，有超逸出尘意趣。念自洪荒开辟，尔从何来，汝向何去？山长水远天高地迥，人如过客事如露电，悲欢忧乐，孰避孰与焉？

梦里洪荒，风中岁月，流光如此纷纭。
扁舟麋鹿，忧乐最由真。
诗酒林泉容与，幽静处，可纵精神。
芬芳意，涓涓倩影，照水净无尘。

潇湘存远客，声声欸乃，莫问梁津。
但优游、此山此水氤氲。
荣辱穷通之外，春与夏、花落无痕。
声声是，翩翩一鹭，振羽又清晨。

2021 年 5 月

烛影摇红·画意

内子画花卉，其境苍茫，其色明艳，其气馨烈。动我情怀。

照眼繁花，云霞遍染曾惊艳。

燃风燃水烈山河，舞做英雄剑。

多少仁怀义胆。

对苍茫、海天澹澹。

丹心碧血，冬去春来，如光如焰。

自立深宵，徒凭疏影频盘点。

杜鹃声里任荣枯，愿与清风渐。

草木何须懿范。

总年年、芳华可鉴。

千秋青史，载歌载泣，允思允念。

2021年6月4日

采桑子慢·赠彭敏哲欧阳逸风伉俪

敏哲从余读硕读博，忽远赴中国海洋大学矣。其人如其名，敏而多思。善选题写论文，在同龄学子中早露头角。科研学术之外，耽诗词，好文艺，常以美文惊艳师友，常于诗词赛事折桂，长有琴箫弹唱之雅。其夫欧阳子，电力学博士，隐约有姜白石风神意蕴。二人雅好多同，缘文艺而相识，方知株洲同乡也，遂以身心相许。时弄诗词琴箫于潇湘之浦、苍梧之野、白云山麓、伶仃洋畔、秦淮河上、东海之滨……唯此际欧阳任职于南京，敏哲执教于青岛，海天相隔，平平仄仄的浅斟低唱里，小别轻分的惆怅骀荡着山水清音，柴米油盐的琐碎料理着庄生远梦，岁月心期的故事，在蓝天碧海中放飞，唯远志深情依旧。文学与艺术、人文与科技，原来可以如此淡泊相遭、亲密相遇（效敏哲风神摇曳体，呵呵）。内子尝写苍山洱海之画境，敏哲爱而求之。内子有知音见赏之慰，又作海岛云天之画，并赠敏哲。其情亲切，其意高远，祝福之意殷殷。余因以长短句述之。

蓝天碧海，最易惹爱牵愁。

把多少、芬芳心事，载满方舟。

伴尔优游。

万重烟水且淹留。

浪飞帆舞，能消世虑，可解时忧。

书卷总随人愿，摊开千古风流。

趁天外、翩翩云翼，雅趣相酬。

君意悠悠。

一箫一笛复何求。

也耽诗酒，也近道艺，也远王侯。

2021 年 6 月 10 日

蝶恋花·送别

中山大学中文系2021届毕业生，从吾修习文学史和诗词写作课。吾老矣，先已退休。诸生毕业将启新旅，值凤凰花开，因以此解寄意。

又见凤凰花满树。
千古丹诚，血色浑如炬。
总是川原深绿处。
枝枝独向苍穹举。

曾共弦歌朝与暮。
也唱蒹葭，也写风和雨。
笑对人生宽窄路。
愿君此后长相顾。

2021年6月12日

潇湘夜雨·送刘熹桁博士毕业

熹桁从我读博始于六年前。方录取即缓籍一年，以有千金之慰。其家湘西，本科毕业于中南大学，硕士毕业于南昌大学，博士毕业于中山大学。其博士论文《陈寂诗词研究》近已通过答辩。其人清淑，其志高雅，其性简淡，处事敏捷得体却谨慎少言。读博颇自励，擅选题撰文发表，又从我习作诗词，诗性颖悟。初，吾念其女婴方哺，遂许其随时回湘探视。不意熹桁总在校园读书治学，四载如一，学植大进，所获学位名实相副，成色堪慰。今将离去，我心依依。唯愿其执教同时，学术道艺继续精进，家庭事业随心如意。

家在沅湘，心仪书卷，青春负笈东南。
豫章风雅，岭表又详参。
康乐园中五载，披星月、以苦为甘。
最堪慰、辞章义理，妙处每深谙。

遥怜婴幼事，隔山隔水，泪湿青衫。
夜沉沉、惯听风拂窗帘。
无限湘灵款曲，都寄与、远梦长帆。
从今后，诗词学术，朝暮更相兼。

2021年端午

谢池春慢·送凌天明博士毕业

天明得鹏飞之荐自京城南下从我读博。其人秀外慧中，幼习国学，诗词书法兼长。好文艺善体育能饮酒，足智多谋，然四载师生，我其实知之甚少。盖因其寡言低调委婉谦和也。其博士论文题为《清顺治康熙朝题画诗研究》，特有识见心得，以其学养独特，期许较高，且勤奋自励也。昔京城萧之祥先生特携“东坡书法真迹”来访，吾不专书道，乃请天明考辨之。其辨证之文刊于《词学》，为历来苏学解一疑惑。今值天明将东赴绍兴文理学院执教，其地山水之秀、人文之厚，或可助天明开学术新境，亦可慰其夫妻文怀雅趣。临岐依依，语短意长，燕门弟子皆折柳分飞矣。

曷来凌子，携道艺、诗词酒。

文采出江西，神色怡然秀。

自幼亲书卷，兼擅龙蛇走。

历京城，多益友。

志存高远，无意居人后。

天天册府，常走得、榕阴瘦。

也解画中诗，也击歌中缶。

最是难眠处，遥想红酥手。

终待得，云出岫。

分茶浙水，城古婆娑柳。

2021 年端午

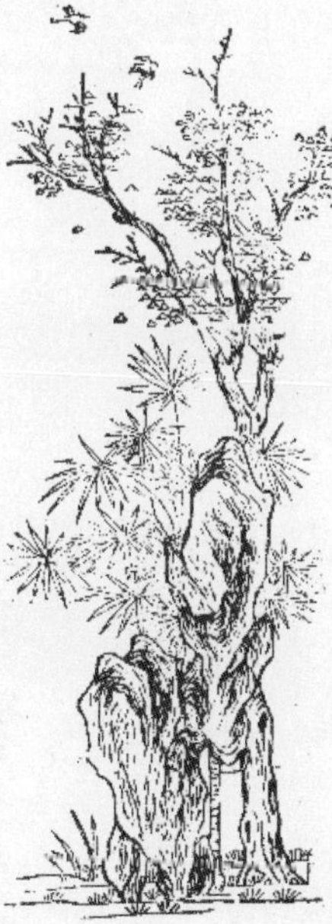

浪淘沙令・送徐璐南归三首

徐璐，鹏城人，在武汉大学获哲学博士学位，入中山大学从我做博士后研究，主攻中古禅学与诗歌美学，于曹溪禅学和沧浪诗学有专攻。其人娴静清淑，从容淡泊，待人温和友善，似与世无争者。时与同门师友聚谈，多倾听而少发表，多微笑而少悲怨，若心静如水者。将回深圳信息职业技术学院执教矣。

其一

几度凤凰红。

海雨天风。

笑谈今古意从容。

细忖人间宽窄路，自有穷通。

清夜认飞鸿。

遥想坡公。

寒枝拣尽任西东。

但使文章丰气韵，郁郁葱葱。

其二

又见凤凰开。

顾影无猜。

江声谁共此风怀。

一自珞珈还岭表，书卷清裁。

迦叶会心才。

未许蒿莱。

孤芳容与照高台。

勘破浮生多少事，不惹尘埃。

其三

血色凤凰天。
三载康园。
诗书之后偶参禅。
善解沧浪玄奥处，妙悟为先。

杯酒便红颜。
语少神娴。
青春闺梦自斑斓。
还向鹏城纷道艺，绛帐新妍。

2021 年 6 月 16 日

行香子·三华李

李冠兰博士转岗中山大学中文系古代文学副教授，十余载辛勤，初成正果，可喜可贺！吾古代文学团队乃有三李（南晖、晓红、冠兰），吴承学老师喜题“三华李”，吾以此解足其意，未知能得公允否？

方历霜华，又放春华。
羡芬芳独占三华。
也承风露，也伴烟霞。
在云之端，山之麓，水之涯。

天枝一树，乾坤作育，算曾经帝里横斜。
根源深远，气韵清嘉。
信形堪诵，神堪慰，影堪夸。

2021年7月1日

南乡一剪梅·题夫人画葵花赠谢敏玉

葵有佛性，敏玉亦然。玉生佛山南海，攻读本硕博皆在中山大学，是我招收的首届博士生，治宋代文章之学，得学位后又从魏中林教授做博士后研究，以副教授执教佛山科技学院。教学科研之外，亦执院系政务，自强不息，不辞辛苦。近有《宋代哀祭文研究》出版。其人性敏心慧，待人友善诚恳，自然得体，在燕门颇有师姐风范。又尚星座相术风水之学，偶若知神明者，莫非悟《易》有得耶？人生未必皆乐事，然每与敏玉处，未见其抑郁忧戚也。盖其性如葵，自然充实向阳，总以明丽示人惠世也。其良人廖裔坚，务实业有成，亦性情中人，每与燕门诗酒风雅，重友尚义，众皆爱之若兄弟，相处甚欢。

神似小乘禅。

照影临风气韵圆。

伴得光阴千万轶，心本天然。

性自陶然。

趣味最人间。

齿颊留香粒粒妍。

向日长谙丰俭意，青也娟娟。

黄也娟娟。

2021年7月2日

临江仙·咏双流

人言龙驭经行处，悠然遗珮江头。

许将清浊写春秋。

一江分两色，能染浅深愁。

巴蜀清茶谈笑处，一杯无数王侯。

华阳故国且登楼。

兴衰无限事，对此一凝眸。

2021 年 7 月 5 日

临江仙·锴公双流诗居

川中名士情怀古，双流在在成诗。
沧浪清浊两相宜。
鹿溪明晚照，总衬好风仪。

偶伴黄龙临锦水，携来云雨嘻嘻。
写山写水写神奇。
笔端无数意，青简古今辞。

2021 年 7 月 5 日梦中得首韵醒乃足之

高阳台·丁真

藏族少年丁真走红网络很久了，据说一般网红很难持久，但丁真长热不衰，圈粉无数，点击量以数亿计。据资深“丁粉”说，年轻帅气狂野异域风情是外在原因，单纯自然质朴乐观善良还有点儿才艺天赋是内在原因。“治愈式的笑容”是丁真的标志，是人类的“可口可乐”。“丁粉”固以年轻女性为主，但也有不同年龄层次的。我家在儿媳带领下，孙子（近5岁）和奶奶也都关注丁真。孙子偶尔给爷爷奶奶唱丁真的理塘歌曲，说丁真趣事。一日孙子从幼儿园归，见奶奶新作素描人像，就说：“是丁真啊……”

雪域冰容，理塘水色，白云碧草天真。
青藏高原，从来气韵清纯。
风中驰骋红尘外，美少年、绽放青春。
任鞭声，清脆山间，响落无痕。

人间一笑称甜野，似阳光一缕，无限温存。
驱疫除忧，为君洗却神魂。

繁华都市劬劳夜，对古今、细忖纷纭。

问如何，得似康巴，马背歌人。

2021年7月19日

阮郎归

2021年7月中旬回母校吉林大学参加词学研讨会。会间觅当年所居第三宿舍楼，西临地质宫广场，馆舍方位依然而色貌大异矣。席间马大勇教授、赵郁飞博士命作此调。

重来母校鬓萧然。
抠衣抚旧垣。
先师堂下泣无言。
心香染素笺。

立雪意，总如前。
纷披岁月间。
星河杳渺月中天。
青衿独倚阑。

2021年7月19日

临江仙·三到峨眉山

“2021 中华诗教学会年会”于 7 月 23 日在成都双流举行。会后诸同道游眉山、乐山、峨眉山，晚见峨眉山月，席次分得峨韵戏作艳歌。

峨眉山月知今古，悲欢故事如歌。
与君执手带烟萝。
众江成一水，清泪自婆娑。

长忆竹马青梅后，天涯无数风波。
几回梦里问维摩。
缘何深浅意，都做此蹉跎。

2021 年 7 月 23 日

白雪·题画赠陈慧学棣

陈慧攻读本硕博于中山大学中文系，师从吴承学教授和我，研修古代文学、诗词之学，阐释韩学尤有心得。现以副教授执教于中山大学博雅学院。治学眼高志远，文章著述每有进境，非平庸辈。教学有方，不辞辛苦，其诗教实践曾令中华诗教学会诸名师赞叹动容。学生时代曾折桂诗赛，今门下诗棣亦时有崭露头角者。其与人处，多友善关心，无微不至，真“操心人”也，令我常忧其早生华发，幸尚未然。做事谦谨勤勉细致周到，一切皆祈完美乃至“主义者”。亦保健养生之达人，或得自吴师真传。其良人仝子出太行吕梁间，性近山水，智接三晋，亦于中山大学攻读本硕博，治古典哲学。余为之贺婚词有“甘苦共芸窗……舄履芬芳”句。兹又得师母赠画勉励，其中从容比翼之远意，吾深然之，因作此解。

天工造物，皆有道、盈盈万象纷呈。

山水有容，生灵有性，怡然自在多情。

若雏鹰。

奋新翼、恃宠而萌。

立洲渚、鹿鸣长短，馥郁野之苹。

谁在碧水放歌，冰山论剑，意纵横。

悟得古今中外，兴废最无凭。

方饮罢、一杯新酒，往事任凋零。

但随帆影，从容雨雪阴晴。

2021 年 9 月 19 日

一剪梅·河北师大校歌

燕赵风华动碧霄。

太行巍巍，易水萧萧。

浩歌慷慨古风存，科技人文，始自箫韶。

腹有诗书气韵豪。

照海红桑，远梦迢迢。

胸怀天下砺真知，敬畏人生，道艺相高。

2021年10月25日

散天花·题内子葵花画致敬梵高

谁教天开五色纷。

洪荒舒岁月，伴星辰。

三光明灭了无尘。

虚无容万有，自清真。

深浅情怀代代人。

悲欢圆缺意，总销魂。

兴亡故事又更新。

一盘花落后，却无痕。

2021 年 11 月 23 日

虞美人·弦歌

《史记·孔子世家》云："诗三百五篇，孔子皆弦歌之。"余操持成立广东省弦歌教育 学会，2021 年 11 月 27 日在广州软件学院举行成立大会暨学术研讨会。

太平庠序冬花绮。
红映流溪水。
弦歌千古换新声。
唱彻中华文化古今情。

植兰树蕙殷殷意。
作育清高气。
但期园圃竞芳华。
与尔清茶击节叹横斜。

2021 年 11 月 27 日

霜花腴·题内子《醉眼》《素心》二画

辛丑冬至，台风造访岭南，实寻常季节罕见者，未审是何征兆。寒雨连江，清寒入室，新冠时近时远防不胜防，全球累计患者已愈二亿七千五百余万，致死者已愈五百三十万。防疫居家，但求体泰心安。内子作画，或工笔或写意，或水墨或油彩，但随心惬意而已，居然入选意大利米兰“当代中国绘画展”。岁末检点，年内所作诸画多已被友人庋藏，所存寥寥。近日又有闺密索求《醉眼》，内子遂并作《素心》双双酬之。

夜长昼短，又一番，天风海雨阑珊。
春意迢迢，岁寒方重，时瘟未解时艰。
载悲载欢。
尺幅间、铺写斑斓。
把从来、似水情怀，染成沉醉好容颜。

人道既然冬至，便春风不远，染碧涂丹。
冰雪情怀，芬芳心绪，繁华绽放年年。
允娟允妍。
烂漫时、何惧霜寒。
纵如前，化作春泥，素心犹自怜。

2021年12月21日

虞美人·谷爱凌

余不擅颂，然观谷女舞雪，情不自禁。

千秋柳絮因风起。
飞雪凌空美。
何来如此宁馨儿。
总是如诗如梦展芳姿。

人间一派清嘉气。
才艺承天赐。
不辞高远向天涯。
笑说亲人家国是中华。

2022 年 2 月 17 日

雨中花令·风铃花开

风铃花季，内子画《夜语》，苍穹如碧，月华如水，花鸟相与依依，微风轻拂春的裙裾。忽念俄乌战事方兴，因叹寰宇皆能如此静谧祥和否？

谁把春分前后。

地暖霜融风瘦。

独向枝头如既往，一品娟娟秀。

试问鹅黄花下手。

我绽放、汝能持否。

伫立久、月华深浅处，孰与长厮守。

2022 年 3 月 20 日春分

行香子·上巳荔湾雅集

福祉绵绵，祓禊年年。

趁一江春水如烟。

乾坤气爽，诗酒陶然。

载一船歌，一卷古，一生缘。

荔湾雅韵，羊城嘉趣，在流觞亦在云山。

且持卮酒，敬谢时艰。

愿战长停，疫长解，事长圆。

2022 年 4 月 1 日

行香子·鸟

晨起见小鸟独立檐头，念吾与内子常寒来暑往于滇粤之间乃至东西南北，不惮烦辛，忽悟候鸟生天地间，亦如是也。

独立苍茫，守望皈依。
信此生如彼如斯。
无忧无虑，凭爱凭痴。
但风中来，云中往，念中栖。

清凉山水，迷离星月，趁时光驻尔芳姿。
也亲花树，也爱歌诗。
任乡关远，天涯近，岁华迟。

2022年6月8日

喝火令·夏至

乐享清凉境，欣为大理人。

月明星灿净无尘。

容我笔端心上，平淡入晨昏。

不墨苍山画，无弦洱海琴。

也怡康泰也怡神。

恍若瑶池，仲夏也如春。

况有浅斟低唱，伴我看风云。

（琴出韵不改）

2022.6.21

定风波·湖州三首

其一

闻道湖州可忘忧。
青山碧水任优游。
六客堂中将进酒。
知否。
人生如梦最难留。

苏子与民同苦乐。
销烁。
乌台一案却成囚。
太守衙前新旧柳。
盈手。
年年迎送木兰舟。

其二

天觋湖山此地妍。

玉成今古好诗篇。

一自词坛惊三影。

涵咏。

弦歌薪火总相传。

国士强人官两部。

翘楚。

词宗境界正超然。

今日苕溪风雅会。

沉醉。

新知旧雨话前贤。

其三

西塞山前弄小舟。

渔歌一唱解人愁。

帝里荣华何足贵。

心会。

红尘俗事且休休。

鸣鹿呦呦迎远客。

倾国。

风流文采一城收。

好向垂虹依晚照。

一笑。

长携诗酒白蘋洲。

2022 年 8 月 6 日

泛清茗·且醉桥亭

楚考春申，公子爱清茗，驾次菰城。
从此便，右文化，多名士、作育精英。
民丰物阜溪山好，傍太湖、特许风情。
有垂虹景，六客事，词章雅韵高朋。

如今政府开明。
振千秋道艺，一脉精诚。
勤政务，解民困，利家国、尚古崇文、
　三餐未许心稍怠，但只求、一郡繁荣。
花前月下，远客聚论文，且醉桥亭。

2022年8月6日

玉楼春（依《钦定词谱》顾敻格）

太守弦歌娱六客。

缓诵词章轻鼓瑟。

二南歌舞水晶宫，落雁沉鱼纷美色。

士可倾城女倾国。

击节流杯空巷陌。

群贤诗酒聚吴兴，山水清嘉留简策。

2022 年 8 月 6 日

探春慢·赠孙克强教授

壬寅盛夏湖州词学峰会，克强兄告自南开大学荣休，又聘为河南大学词学中心主任。吾与克强学长初识复旦，迩来二十七年矣。每于宋代文学或词学会议相逢，倾谈甚欢，曾相约凡同会，则同室居，如是多年。某年会于开封，克强兄特约数友饮于河上，观秋水时至，汪洋恣肆，乃知黄河之浩大，始悟李太白《将进酒》何以振聋发聩惊天动地也。

长忆东京，汪洋秋水，蒙君知己诚许。

丽藻裁冰，弦歌伴酒，都是文朋诗侣。

春雨秋风里，特相约、对床清语。

算来青鬓初逢，悄然华发容与。

君自江河北上，据词学津梁，扶摇鹏举。

宋乐清词，精心研治，长袖因风而舞。

莫道遂初服，大音远、又张新羽。

学术前沿，从来问鼎之旅。

2022年8月18日

望海潮·南海丹灶镇

诗书南海，葳蕤文脉，源流远大深长。
村古水清，榕高草碧，有为有趣之乡。
卷帙枕清江。
小区响萧鼓，气韵悠扬。
风雅人家，滋兰树蕙总芬芳。

鸿儒丽女名商。
自秦开此郡，代有贤良。
君子气丰，传承道艺，便成千古华章。
把酒话沧桑。
近世尤堪数，变革津梁。
南国湾区腹地，鹏举凤高翔。

2022年9月26日

于飞乐

内子作画赠友人母女。

秀羽差池，两心相许冰壶。

怡然共度盈虚。

夜深清，天静好，月照平芜。

人间至爱，最堪惜、以沫相濡。

却问庄生，何言相忘，天风海雨江湖。

但灵犀，通透处，能近能疏。

情怀青绿，任天荒、地老如初。

2022 年 9 月 26 日

蜀溪春

锦里乾坤，锦江风云，天府荣光。

天与岷峨，鬼神姿色，城古水远山长。

开国奇异事，千载下、难解苍茫。

剑气深，文脉隆，自古富文章。

如今凤翔又远，风韵美环宇，诗酒芬芳。

雅士佳人，载歌成舞，灯影桨声徜徉。

银杏黄叶下，人间事、斟酌商量。

看蜀色，歌蜀魂，弄蜀妆。

2022年9月30日

一剪梅·题虹霓诗词集

郑虹霓教授是优秀的学者诗家，是中华诗教学会理事，教学科研之余，也教授诗词，长期指导学生诗社，颇有成就，其诗棣尝于高端赛事折桂。今有《霓彩忆华章》诗词集将付梓，谨以小词恭贺。

天下词家尊颍州。

太守联章，千古风流。

西湖一掬水清泠，也酿悲欢，也许优游。

风雅当今孰与俦。

天纵诗才，有此歌讴。

芬芳悱恻好情怀，如赏虹霓，如上兰舟。

2022 年 10 月 17 日

一剪梅·守望

题内子画意。

谁在沙明水静时。
独伴流光，荇菜参差。
屋前季节去犹回，事也纷披，梦也迷离。

长忆当年折柳枝。
天际鸿飞，亭角星移。
倾杯未忍说心期，帆影依稀，芳草萋萋。

2022 年 12 月 6 日

醉太平·无边湖

广州软件学院地处从化区太平镇，校园内有无边湖。值二十年校庆乃作。

平湖有容。
修兰惠风。
无边曲岸葱茏。
有弦歌意隆。

芳华正丰。
情怀正浓。
伊人远影如鸿。
映蓝天彩虹。

2022年12月7日

行香子·避疫边城

今夏苦核苦暑，避居大理著书撰文。冬日防疫宽松，病毒传播甚烈，遂又隐居此地避疫图安，上网课，做课题，看世界杯波诡云谲，ABA（美国篮球协会）争先恐后。每日乐山乐水，享蓝天白云，赏樱花绽放，健身怡心。深感和平安康之难能可贵。

几度封城。
数载封行。
浑无奈如此幽灵。
也操生死，也验精诚。
与悲同在，烦同处，险同生。

阴阳故事，红黄绿码，叹年来无数曾经。
苍山洱海，水净风清。
愿天长蓝，花长艳，意长宁。

2022年12月13日

玲珑玉·滚宝

吾孙滚滚，学名子悠，六岁半了。两岁能背诵《三字经》前十六句，四岁登台背诵李白《将进酒》，意趣从容。五岁背诵《木兰辞》，看懂好莱坞影片《花木兰》并多次向人推荐。对数字敏感，像个“数据控”，计算能力早慧，四五岁能玩“数独”九宫。喜欢文字、阅读，五岁左右已能阅读各种幼儿书籍及象棋书籍。长期关注NBA（美国职业篮球联赛）赛事，能准确说出某球员从哪队转到哪队了。亦好篮球，幼儿园篮球比赛曾连入五球，获“本场 MVP”。喜欢各种棋类，近日参加“岭南象棋网络赛”，并列无级组第一名。喜欢“三国杀”游戏，能将魔方六面全部拼成。幽默诙谐，伶牙俐齿，近日与奶奶论辩养鱼，笑曰：“此刻我的心情和你刚好相反。”父母偶尔争论，滚曰：“你们没有爱情的味道。”关心时事，某日饭时曰：“说说俄乌战争吧！”对第一、第二次世界大战很感兴趣，尤喜战争谋略故事，如《三国演义》等。善解人意，关心他人，善于凑趣逗乐。说服爷爷给爸爸理发：“毕竟是你的儿子啊！”说服家人理解爷爷：“毕竟谁都不知他葫芦里装的是什么药。”参加绘画班，作品亮眼。吾乃赠词曰：

聪慧天资，蔚然是、玉色精灵。

能言善辩，性情通透乖萌。

满目求知若渴，对乾坤无数，皆欲分明。

轻盈。

凭丹青、挥洒稚诚。

点染樱桃几粒，辣椒葫芦里，童趣浑成。

又喜谋猷，爱纵横、进退纹枰。

关心兴亡成败，问三国、俄乌战事，怎解输赢。

也无虑，也无忧、神爽气清。

2022年12月25日

图书在版编目（CIP）数据

素心词 / 张海鸥著. — 广州：广州出版社：花城出版社，2023.4

（广州诗词之都丛书）

ISBN 978-7-5462-3568-4

Ⅰ. ①素… Ⅱ. ①张… Ⅲ. ①词（文学）—作品集—中国—当代 Ⅳ. ①I227.8

中国版本图书馆CIP数据核字（2022）第257560号

书　　名　素心词
　　　　　　Suxinci
出版发行　广州出版社
　　　　　　（地址：广州市天河区天润路 87 号广建大厦 9、10 楼　　邮政编码：510635）
　　　　　　花城出版社
　　　　　　（地址：广州市越秀区环市东路水荫路 11 号　　邮政编码：510062）
责任编辑　霍婉兰　安　然
责任校对　李少芳
装帧设计　广州水石文化发展有限公司
印　　刷　广州市快美印务有限公司
　　　　　　（地址：广州市白云区广从路 410 号　　邮政编码：510545）
开　　本　880 mm × 1230 mm　1/32
印　　张　10
字　　数　104 千
版　　次　2023 年 4 月第 1 版
印　　次　2023 年 4 月第 1 次
书　　号　ISBN 978-7-5462-3568-4
定　　价　58.00 元

发行专线：（020）38903520　38903521
如发现印装质量问题，影响阅读，请与承印厂联系调换。

广州诗词之都丛书

第一辑

张海鸥《素心词》

陈善壎《一串倒提年月》

高旭红《半半堂诗词稿》

黄礼孩《我的地理的光明旅行》

陈会玲《断弦音》

梁智强《修辞窑洞》